「超」怖い話 乙

松村進吉 著

竹書房文庫

※本書に登場する人物名は、様々な事情を考慮して全て仮名にしてあります。また、作中に登場する体験者の記憶と体験当時の世相を鑑み、極力当時の様相を再現するよう心がけています。現代においては若干耳慣れない言葉・表記が登場する場合がありますが、これらは差別・侮蔑を意図する考えに基づくものではありません。

ドローイング　担木目鱈

まえがき

年齢的なものもあるのだろう。

四十の声を目前にして、このところ次々と身内や知人が亡くなっており、毎月のように喪服に袖を通している。普段は巻かないネクタイにもすっかり慣れた。

——葬式というのは云うまでもなく、残された我々の為に執り行われる儀式である。故人は最早苦しいとも悲しいとも云わず、その全身にドライアイスを押し当てられても、棺桶ごと荼毘《だび》に付されても文句は口にしない。私は未だ糊口をしのぐため、だらだらと怪談話の取材などを続けているが、故人が炉の火加減に注文を付けたという話は、ついぞ聞いたことがない。

静止した肉体はかつてその人を形作る要素のひとつであったに過ぎず、その人の本質ではない。つまり私は葬儀のたびに、この人はこんな顔ではなかった筈だが、と思うのだ。

彼らを彼ら足らしめていたのは、どうやら肉体ではなかったらしい。

故人は既にそこにいない――。

ならば、どこに？

あれほど確固として目の前に存在していた人間が、完全に消滅してしまうことなど、本当にあるのだろうか。

肉体を喪失した彼らは今、どこにいて、何を思っているのだろうか。

そんな詮無い想いを重ねながら、明日はまた、祖父の為に喪服を着ることになっている。

葬式の後には必ず法事が待っているからで、かく云う本書もまた、ある意味ではそれと似たようなものなのかも知れない。

読者諸兄の弔問に感謝する。

松

目次

みやげもの

尾田くんが高校二年の時の話である。

彼の実家には代々、所謂《いわゆる》〈家宝〉として、ある桐の箱が伝えられていた。

「最初にそれを聞いた時には、当然やっぱり茶器というか、何かそんなような物かなと思うじゃないですか。箱の大きさも丁度そのくらいでしたし」

由緒ある名器が鑑定番組などで、数十万円、あるいは数百万円、場合によってはそれ以上といった値をつけられているのは、日本中の誰もが知っている。

生前の祖父がその箱を彼の目の前に置いた時、当たり前のように〈お宝〉かと期待したのも、無理からぬことだろう。

「でも、違うって云うんですよ。これはそんなもんじゃない、いくら積まれても銭金に換えられるような代物じゃないって」

受け取り方によっては、益々期待の膨らむ言い草だが。

祖父は神妙な顔つきで、尾田くんに――。

※

いいか。これは儂《わし》の大叔母にあたる、おフジさんという人が持ち帰ったものだ。

その人は三十歳の時に、家に押し入って来た強盗に頭を殴られて、いっぺん死んだ。息が止まったんだよ。

明治二年のことだ。

間違いなく、確かに死んでおったと儂の親父も云っとった。その頃まだこの辺りは土葬だったから、おフジさんは膝を抱えた恰好で桶に入れられて、墓穴に埋められた。

でもな――葬式が終わった日の晩。墓の方からドン、ドン、と音がする。

何ごとかしらと様子を見に行った住職は、それが、おフジさんの墓から聞こえとるんだと気づいた。慌てて近在の者を呼んで掘り返してみたら、もう間違いない。

ドーン、ドーン、と桶の中から叩いとる。

あまりのことにみんながみんな顔色をなくしてしもうて、これはえらいことだ、はようはよう、と蓋を開けたら。

「きいいいぃいぃいぃいっ……」

と雉《きじ》のような声を上げながら、おフジさんが這い出して来た。

そしてだ、その手には、まんまるで重たい石が一個握られとった。

おフジさんはそいつでもって必死に、桶の内側を叩いておったんだ――。


いいか。

だからこれは、この世の物ではない。

おフジさんが、賽《さい》の河原から持って帰って来た石、ということになる。

こっちにあってはならん物を、もののはずみで土産にしてしもうたのであって、本来はあっちに返さんといかん物だ。

けれども儂の祖父《じい》さん、おフジさんのお兄さんが、折角のことだからと云うてこうして箱まであつらえて、仕舞い込んでしまった。怖ろしいことだ。

これは、大変に怖ろしい物なんだ。わかったか。

わかったら、絶対に触ってはいかん。

触ったら死ぬ。

儂の祖父さんは、この箱に石を入れた次の月に頭の血管が裂けて死んだ。

儂のお兄さんは、十六の時に度胸試しにこれを掴んで、月が変わらん内に汽車に轢かれて死んだ。

よおく覚えておけよ、これは命に係わる話だ。わかったな。

※

お祖父さんは口上が終わると、ぱかり、と桐箱の蓋を上げた。

おそるおそる尾田くんが中を覗いて見ると、そこには藍色の小座布団の上に鎮座する、一個の丸石が入っていた。

僅かに扁平で、直径は十五センチくらい。

どこの河原にでも落ちていそうな、何の変哲もないただの石に見えたが、顔を少し寄せた途端、濃厚な水苔の臭いが鼻をついた。

「……今思えば、ちょっと湿り気があったというか。表面に水気があったような気がします。でも黴臭いんじゃなくて——やっぱり苔とか、藻とか、何かそういう生臭い感じの臭いがしてたのは、確かです」

尾田くんのお父さんは、幸運なことに長男ではないので、その賽の河原の石を受け継ぐ立場にはない。

石は今も本家の方で大切に、厭まれつつ、保管されている筈だという。

寝言

四十代の牧野氏が、自宅で就寝中のことだったという。

「なんかこう、むやむやむやと話し声がしたから、目が覚めたんですよ」

真っ暗な寝室。

どうやら隣のベッドで寝ている奥さんが、寝言を云っているらしい。

「枕もとの時計を見たら、一時過ぎくらいで。何だよこんな時間にと思いまして
……」

放っておこうかと思ったが、それがひと言ふた言の寝言ではない。

何を云っているのかよく分からないものの、ずっと喋っている。

「……普通、寝言ってそんなにべらべら続くもんでもないじゃないですか。それが一分、二分と経ってもずーっと喋ってるから」

牧野氏は少し、気味悪さを感じた。

顔を横に向けて、暗闇に薄っすらと浮かび上がっている、奥さんの寝姿を眺める。

しかもいくら耳を澄ましてみても、その内容がわからない。

単語も接続詞も聞き取れない。

どうやら日本語ではない。

〈――ナン――ユ、ヌン――イダ――ハ――〉

「何て云ってたかもう覚えてませんけど、どうも、韓国語か何かに聞こえてきて」

そうと気づいた瞬間これはおかしいと思い、牧野氏は身体を起こした。

パチン、と枕元の電気を点けた。

その途端。


――ふっ、と奥さんの寝言は止んで、隣のベッドがカラになった。

「あっ」と牧野氏は思わず声を上げた。

奥さんは二日前から所用で実家に帰っており、今、家には彼と小学生の息子さんしかいないというのを思い出したからだ。

しかし確かに、隣のベッドに誰かが寝ていた。

牧野氏はおよそ二分にも渡ってその声を聞き、ぼんやりとだが横顔まで見ている。

肩から首にかけて風邪をひいたような寒気がし、牧野氏は寝室の電気も点けっぱなしにしたまま、慌ててリビングに逃げ込んだ。

奥さんのベッドの布団は寝ていた誰かが消え失せてしまった状態のまま、アーチ状に盛り上がっていたという。

真贋

二十代、吉野さんの知人の話という。

「私の友達にサヤって子がいて、その彼氏の話なんですけど」

去年の夏頃。吉野さんは彼女から電話で、涙ながらに相談を受けた。

「もうホントに怖いんだけどどうしよう、どうしよう、どうしたらいいと思う？　って。別にその、彼氏自身がどうこうって話じゃないんですけど——間接的にでも、これ以上関わり合いになりたくないって気持ちが凄かったみたいで」

それは大変な怯えようだったらしい。

吉野さんは電話ではらちが明かないと思い、その夜、サヤを自分のマンションに呼んでなだめすかしながら、詳しい話を聞いた。

※

サヤの彼氏の名前を、本稿では仮にユウヤとする。

二十代後半のユウヤは近年めっきり数も減った〈走り屋〉の部類で、車高の低い車を乗り回しており、普段から気も荒い方だという。職業は、鳶《とび》。

その彼が、友人ふたりを誘って、ある峠まで遠征に出かけた。

山深い森を越えた隣県の、更に奥——。

山肌の窪みに溜まるようにして、集落がぽつりぽつりと点在するだけの、典型的な過疎化地域。にも拘わらず、そこへ至る道路だけはしっかりと整備されて、大きくうねりながら峠を越えている。

道は数キロ続き、その先はまた、林道めいた離合も困難な山道に戻っている。無理をすれば通れないこともないだろうが、事実上は行き止まりに等しい。

何故そんな一区画だけ山を削り、整備する必要があったのか。いささか税金の過剰投資、無駄な公共工事と云わざるを得ないものの、ユウヤらにとってはそれこそ絶好の〈コース〉だった。

町に近ければ通報もされやすいし、警察がふらりと巡回に来たりする。

かつて沢山の改造車両がひしめいていた有名な峠の数々は、執念深い取締りの繰り返しによって、どこも閑古鳥が鳴いている。

　諸々の罰則が厳しくなる一方の現在では、彼ら絶滅危惧種の走り屋も、人里離れた山へ山へと追いやられていくのが現状のようである。


　ユウヤの車の助手席には、後輩のリョウ。

　友人のヒデは自分の車で後ろをついて来た。

　男三人で、車は二台ということになる。

「——ちょっと短いけど、良さそうな峠じゃねえか。さっきのバンクの勾配が急だから、下りはヤベえかも知れねぇな」

「そっスね、ちと難所臭かったスね」

「ヒデの奴、昨日タイヤ換えてたから、絶対攻めるだろうなぁ……」

　そんな話をしながら〈コース〉の終点まで、ユウヤとリョウは車を流した。ふたりを煽るようにして真後ろをついてくる、ヒデの車。

　丁度道端に畑へと続く空き地があり、そこで二台は一旦停まった。

　当たり前だがこんな山中に自動販売機の類などはなく、精々真新しい、石造りの祠のようなものが建っているだけ。お地蔵さんか何かが入っているのかと思ったが、どういう訳か、それの中身はカラであった。

やがて真っ暗な山道を、二台の車は交互に、上り下りし始める。

助手席に人を乗せていると当然重いので、本来、走る時はひとりである。が、今日はどんな道路の具合かを調べに来たようなものだった。本気で攻めまくるつもりはない。

リョウはユウヤの隣に座ったり、ヒデの助手席に乗り換えたりして歓声を上げていた。

二時間ばかりそんな風にして走り、よし、それじゃあ最後に軽くバトルして帰ろうかとユウヤは思った。

「道はだいぶ掴んだし、ヒデもやりたくてうずうずしてるだろ」

「ははっ、そうスね。さっき乗せてもらった時、ヒデさんもユウヤさんのこと、そんな風に云ってましたよ」

「だろうな」

ズザザザザッ、とユウヤの車は終点の空き地に飛び込み、停車中のヒデの車に横付けした。眩しそうに手をかざすヒデは、煙草をくゆらせながらスマホを見ていた。

「……僕どうしましょうか、一旦降りて、ここで待ってましょうか？」

「いや、乗ってりゃいいよ。初日からガチでやる気はねえから」

「なるほど」

ふたりは車から降り、ヒデに近づいた。

「よーし、そんじゃあ一発やって帰るとするか？　どうだ？」

「……おっ、了解。ちょっと待って、ライン来てるから」

ヒデは煙草を捨て、素早く返信を入力しながら答えた。少し前から空き地に停まる度にスマホを見ており、返事に忙しい様子である。

指を止めずに、ヒデが訊ねた。

「……えーと。そんじゃ、リョウはどうする。俺のに乗るか？　それともユウヤのに？」

「――あ、僕は、ユウヤさんの車に――」


声がカブッた。

えっ、とユウヤは隣に立つリョウを見る。

点けっぱなしのヘッドライトに照らされたリョウは、驚いた顔でヒデの方を見ている。

ヒデは一瞬スマホの手を止めて、顔を上げ、リョウを見た。

それから、自分の背後を見た。

ヒデの車の脇――暗がりの中に、もうひとりリョウがいた。


「……うわっ」

「「えっ?」」

「うおおおお……」

ザザッ、と転ぶようにしてヒデが前に逃げる。

ユウヤも咄嗟に何が起きているのかわからず、ダダダダッ、とその場から走りかける。

「なっ、なんだこれ、なに、はぁッ?」

「おおおおぉぉぉぉッ! 誰だ、誰だよ! 誰だお前!」

ユウヤとヒデは道路まで走り出て、二台が佇《たたず》む空き地に叫んだ。

目を灼くヘッドライトの光の、手前にひとり、向こうにひとり。

同じ服を着た同じ背丈の、同じ姿勢のリョウが、愕然とした様子で互いを見つめ合っている。

「……何だお前」

そう呟いたのは、さっきまでユウヤの助手席に座っていた方のリョウ。

彼はゆっくりとユウヤの方を見た。それから、自分の足元を見た。

その、リョウのGパンは膝までしかない。

脛から下が消えている。

「はぁ……？　待って、先輩――」

――すうっ、とそのまま彼はヘッドライトの光に溶けるようにして、山の闇に消えた。

凍りついたユウヤの全身に、ドッ、と冷や汗が湧く。

※

山を下りて町に帰って来たのは、車二台、男三人である。

その頭数は行きと変わらない。

だが。

「……あれは違うって。そのユウヤって彼が云うには、自分の隣にいた筈のリョウが、本物だって云うんですね」

帰りましょう、ここヤバいですよ帰りましょう、とリョウが叫び、ヒデの車の助手席に飛び込んだ。それに釣られてヒデも走り、素早くアクセルを踏んで峠を下り始めた。

ユウヤはワンテンポ遅れながら、慌ててそれに続いたのだが――。

どう考えてもおかしい。

足から消えてしまった方のリョウが、ずっと自分の隣に座っていたリョウだ。

彼は己の身体が透明になってゆくのを見て――一瞬、恐怖と驚愕が混ざり合った物凄い表情を、ユウヤに向けていた。

偽物があんな顔をする訳がない。

あれは、本気で怯えていたのだ。

しかし、だとしたらヒデの隣にいたリョウは？

あの夜、一緒に山を下りてきた奴は。

あいつは一体、何なんだ？


——その後、ユウヤはしばらくの間、ヒデともリョウとも連絡を取らずにいた。

怖ろしかったのだという。

しばらく経ってから友人づてに、リョウは溶接工の仕事を辞め、どこか都会に出て行ったようだと聞かされた。あれほど仲が良かった筈のユウヤには、そんな相談は一切聞かされていなかったので、余計に怖ろしくなった。

「それで、そんな話を聞かされたサヤは——結局、別れちゃったんです」

あまりにも身近で起こった異常事態である。

自分にも累が及ぶことを怖れ、一方的に別れを告げたらしい。

彼女を責めるのは酷だろう。それだけ、その話が生々しかったということだ。

以上のような経緯であるため、リョウは勿論、現在のユウヤらの動静についても、詳細は不明である。

丹沢くんの、学生時代の知人の話だという。

「そんなに親しかった相手でもないんですよ。偶々、行きつけのゲーセンが同じだったんで知り合って」

連日顔を合わせるうちに話をするようになり、大学は違うが同い年だとわかった。他の常連達と連れだって、何度か飲みに行ったこともある。

「格ゲーの腕前自体より、どうやってか知りませんが最新情報を手に入れるのが妙に早い奴だったんで、その意味でみんなからは一目置かれてました」

――彼は仲間内で〈コーちゃん〉と呼ばれていたそうだが、丹沢くんは現在、その本名をきちんと思い出せない。苗字は勿論、コーイチだったかコージだったかすら定かでない。

「……まぁ、とりあえずここでは〈コーイチ〉でいいんじゃないでしょうか――もう連絡先もわかりませんし、十年以上会ってないんで、その辺は仕方ないですね」

知り合って二年目、彼らが二十歳の頃。

そのコーイチがある日を境に、ふっ、とゲーセンから姿を消した。

いくら格闘ゲームマニアの連中でも、当然日常生活というものはあるので、何日か通いを休むことはあるだろう。が、それが一週間経っても、二週間経っても現れない。

ひょっとしてどこか具合でも悪くしてるんじゃないか、と常連達は心配し始めた。

「たとえば店に来てる誰かと喧嘩したとか、ゲームに飽きてる様子だったとか、そういう心当たりが一切ないもんですから。何人か、ケータイの番号知ってる奴が掛けてみたりもしたんですけど——全然出ない。いつ掛けても、確かに呼び出し音は鳴ってるのに電話に出ないんです」

コーイチは、近所のワンルームマンションでひとり暮らしをしていると聞いた。

まさかその部屋で、ひとり寂しく死んでいるのではあるまいか、と厭な想像をする。

「……で、これはゲーセンの店長が云ってたんですけど、たとえば事故に遭ったりして入院してるなら、ケータイの充電はとっくに切れてるだろうって。鳴ってことは、それが充電器にささりっぱなしなんじゃないか、つまりコーイチはずっと自分の部屋にいるんじゃないか、って……」

そんなことを云われると益々不安になる。

誰ひとりとして彼の詳しい住所を知らなかったことが悔やまれたが、後の祭りである。

元々は格闘ゲーム以外の繋がりが殆どない、ドライな関係の仲間だったのだ。

丹沢くんは云いようのない胸騒ぎを感じつつ、その後もゲーセンに通い続けた。


それから実に、半年ほども経ってから。

突然、コーイチが店に現れた。

秋も終わりの季節で皆厚手の服を着ていたが、コーイチは更にコートを羽織り、首を縮めてこそこそと壁際を歩いて来た。

最初にその人目を忍ぶような姿に気づいたのが、他ならぬ丹沢くんだった。

「……こっ、コーちゃん！　どうしてたんだよ、みんな心配してたんだぞ！」

その声に驚いてわらわらと常連が集まり、「ホントだ、コーちゃんだ！」「よかった、生きてたのか！」などと騒ぎながらコーイチを囲んだ。

彼はそれらいちいちにビクビクと肩を震わせ、いや、あの、僕は、などと口ごもって顔を伏せる。元々細面だったその顔は更に痩せ、おかしな話だが、眼鏡までもブカブカになっているような印象。

やはり病気でもしていたのだろうか。そうとしか思えない。

髭面の店長もゆっくりと近寄ってきて、腕組みをする。

「あのな、コーちゃん。何があったか知らないけど、電話には出ろよ。格ゲーに飽きたんならそれでもいいし、それをどう云うつもりは勿論ない。でも、出たくないならとっとと着信拒否しろ。鳴らしても鳴らしてもコールバックがないって、こっちがどんな気持ちになるか、想像できない訳じゃないだろ」

後から聞いた話では、店長はその時までずっと、月に一度はケータイに掛け続けていたらしい。どうやら最も彼の安否を気遣っていたのは、店長だったようだ。

すいません、とコーイチは呟いて小さく頭を下げた。

何はともあれ無事でよかった、よかったよかったと一同は胸を撫で下ろした。

――のだが。

しばらく稼働中の新台などを眺めていたコーイチは、やがて立っているのに疲れたのか、店の入り口近くにある自動販売機コーナーに向かい、ベンチに座った。

丁度休憩したかった丹沢くんもその後に続き、缶コーヒーを買って隣に座る。

するとうつむいたままだが、コーイチの方から話しかけて来た。

「……なんか、ホッとしたよ。久しぶりに来てよかった」

「ホッとしたのはこっちだよ。……店長があんな風に説教するの、初めて聞いたし。実はコーちゃんが店に来なくなってから、常連の団結が強くなったっていうか――いざって時のためじゃないけど、お互いの住所とか交換しておくようにもなったんだぜ」

「へえ、そうなんだ」

「それくらい、みんな心配したってことだよ。フェードアウトじゃなくて、シャットダウンだったたから」

「……そっか。そうだよな、ごめん」

入り混じる電子音の騒音の中で、コーイチは静かに謝った。

そしてぽつりぽつりとだが、半年前、一体何があったのかを話し始めた。

※

――もう無理、もう我慢できない、と彼女が泣きじゃくった。

まるで幼い子供のように身も世もなく、あーんあーんと涙まみれで嘆く姿に、コーイチは胸を締め付けられた。

とても正視できない。見ているだけでこちらの息まで詰まってしまう。

「……お、俺がいるじゃん。俺がずっと一緒にいるから」

――だめ、無理。ずっとこんなだったら私、生きてる意味ない。何も意味ない。死にたい、今度こそ死にたい――と訴える彼女。

「そっ……、それ、本気？　本気で云ってるの？」

――死んだ方が絶対楽だもん。わかってるでしょコーイチも、私がこれから先、どんな酷い目に遭わされるか。このままだと私が、誰にどんな風にされるか。

それでも生きてろって云うの……？

真夜中。

場所は、コーイチの借りているワンルームマンションである。

誰よりも大切な彼女の身に迫る、最悪の状況。最早逃げ場はない。

ただの学生に過ぎない自分には、到底彼女を救うことなど出来ない。

「……わかった。じゃあ、一緒に死のう」

――ホント？　ホントに一緒に死んでくれる？

「ホントだよ。しょうがない。俺らはずっと一緒だって決めたんだから」

黒々と濡れる彼女の瞳に驚きの色が浮かび、それから、ふわっ、と花が開くように笑顔が咲いた。

――うれしい。うれしい、ありがとう、コーイチ。

それじゃあ私から死ぬね、と彼女は包丁を握ってユニットバスに向かい、空のバスタブに入った。コーイチはぼんやりと霞の掛かった頭のまま、その後に続き、彼女を見下ろす。

――うふふ。それじゃ、お先に。

ぶつりッ、と鉄の刃が白い手首を裂く。

そのひと筋の切れ目からどうどうと真っ赤な血が溢れ出し、あっと云う間にバスタブの底に溜まってゆく。

熱に浮かされたような頭の片隅で、コーイチは自分のふうーっ、ふうーっ、という荒い息を聞く。心臓が、まるで溺れかけた仔犬のように激しく、身体の中で暴れている。

緊張しているのか俺は。

手も足も震えているみたいだ。

怖くもないのにおかしいな、やっぱり死ぬってのは一大事だから、身体が勝手にこんな風になるのかな。人間って、そういうもんなのかな。

――コーイチも、さあ。早く。

血まみれの包丁を渡されたので、バスタブ横の洋式便器に座ってそれを自分の手首にあてがった。

そこで、彼の記憶は突如テレビのチャンネルを変えたかのようにパチン、と。

病院のベッドに切り替わっている。

※

「……次の日の昼に、大学の友達が部屋に来て俺を見つけてくれたんだ」

手首を切っていたコーイチはかなりの出血で、便器のまわりに血だまりが出来ていたというが、命に別状はなかった。

切り口が浅かったのだろう。リストカットで死に至るケースというのは、案外少ない。

マンションの玄関は開けっ放しになっていたという。

「同じ階の人の話だと、朝からずっと開いてたんだって。おかしいよな、いつもちゃんと鍵かけてるのに……」

「いや、それより彼女は……？　彼女も助かったのか？」

「……さあ、よくわかんなくて。俺、彼女なんていないから」

「……え、なに？」

「彼女なんていないんだよ俺。誰だかわかんないんだよ、あの女が」

怖ろしいことに、もうその顔すら思い出せない。

死を選ぶ他ないような絶望の原因が何だったのかも、その時には詳細まで承知しているつもりだったのだが、今では欠片ひとつ覚えていない。

「風呂場にいたのは俺だけなんだ。でも、俺は確かに一緒に死んでやるからって話をして、あの女とふたりで手首を切った筈なんだよ——なあ、どう思う？　これってどういうことだと思う？　あの女は、どこの誰なんだ？」

コーイチは脂《あぶら》で曇った眼鏡の奥から、血走った眼を向けてくる。

嘘をついている人間の目ではない。

突然話の意味がわからなくなった丹沢くんは、言葉に詰まった。

気味が悪かった。

「何云ってんのかちょっと、意味わかんない、ごめん」

「わかんなくはないだろ。本当のこと話したんだから、わからないフリすんなよ……」

「あ、うん。ごめん。そっか大変だったんだな」

「くそッ。折角話したのに。わからないフリすんなよ、雑魚《ざこ》が……」

コーイチは自動販売機でお茶を買い、何かの錠剤を取り出して呑んだ。その左手首にはナイキのリストバンドが巻かれていた。

丹沢くんは額に厭な汗が湧いているのを自覚しながら、小声で適当な相槌を打ち、常連達がいる方へと戻った。


——それから、コーイチは週に一度か二度程度のペースで店に復帰したのだが。

今度は丹沢くんの足が遠のいてしまった。

実際にその夜、何が起きていたにせよ、いずれ常軌を逸しているとしか思えぬ話を聞き、正直引いてしまったからだという。

「僕は急にじゃなくて、段々行かなくなった感じですから。特に心配かけたりはしなかったと思うんですけど」

コーイチの体験はすぐに店の皆の知るところとなったが、丹沢くんのような反応をした者は他になく、誰もが彼の話をまるっと信じ、無事を祝うムードに統一されていた。そんな雰囲気がまた丹沢くんとしては、どこか異様で、ついていけないものに感じられた。

年が変わって何カ月か後。今度は、別の常連のひとりが自殺未遂をしたと聞かされた。

風呂場で手首を切ったらしい。

「それを僕に電話で知らせて来たのが、実はコーイチなんですね。やっぱりあの女かなぁ、あいつもあの女に騙されたのかなぁ、とか云うんで……」

そんなの知らないよと吐き捨てて電話を切り、ケータイを投げ捨てた。

が、考えを変えてすぐに拾い直し、苛立ち紛れの勢いに任せて、登録させられていたゲーセンの常連達の番号すべてを、着信拒否した。

その時、ボタンを押す自分の指が震えているのを見て――ああ、僕はこんなにも怯えていたんだ、コーイチの話にもコーイチ自身に対しても、こんなに恐怖を感じているんだと初めて自覚し、鳥肌が立った。

以来、店には顔を出していない。

38 きょうだい

坂東くんの実家は、中国地方のとある農村にある。

もう十年近くも帰っていないという。

「……大学出て、そのまま大阪で就職してるんで。向こうも喜んでるんじゃないですかね。僕はもう、関係ない人間ですから」

随分と酷薄な云いようである。両親とそりが合わないのかいと訊くと、それ以前に一番の原因は義兄、お姉さんの夫だとのこと。

「姉は僕より五つ上で、二十六の時に、十歳くらい年上のそいつと結婚しました」

当時まだ学生で大阪に住んでいた坂東くんは、ふたりの馴れ初めなどの詳しい経緯は知らないのだが、少なくとも恋愛結婚であるのは確からしい。

そしてその男性は、初婚ではなかった。

「しかもただのバツイチじゃなくて――ひとごろしなんです。以前、自分の子供を殺してるんですよ、あの男は」

はじめはお姉さん以外、誰も義兄の過去について知らなかった。

結婚前の挨拶でも、当人はしれっとした顔で離婚歴についてだけ話し、式はせずに籍だけ入れたいと坂東くんの両親に語った。

世間体というものを気にする農村にあって、それは俄《にわ》かには受け入れがたい要求である。

せめて身内だけの小さな式でもと両親が望み、しばらく揉めたそうだが。

「でも姉も、式はしたくないって云ってきかなくて。あの男もああだこうだ云って時間稼ぎして、気がついたら、そのまま実家に転がり込んでたような感じらしいですね」

——犬猫でもあるまいしあれは何だ、どうなっとるんだ、と親戚連中は眉を顰めた。

坂東くんは叔父からの電話で事の次第を知って、いささか動揺した。

「あのまま居つかせたら家を乗っ取られるぞ、って云われて。不安になったので、その年の暮れに様子を見に帰ったんです——」

※

半年ぶりに帰った実家の庭先には、黒いセダンが停まっていた。

それまで花壇だった場所が取り潰され、簡易の駐車スペースになってしまっている。

坂東くんはその車をひと目見ただけで、持ち主がどんな男かわかるような気がした。

ルームミラーには視界を遮るほどじゃらじゃらと小物がぶらさがり、後部座席は脱ぎ散らかした上着や、空き缶、コンビニ袋に詰まったゴミなどの類で埋まっている。

憂鬱な気持ちになりながら「ただいま」と玄関を開けると、家の空気が淀んでいた。

嗅ぎ慣れない安物の芳香剤が鼻をついた。


——見知らぬジャージの男が、居間の炬燵《こたつ》でくつろいでいる。

丁度夕飯が終わった時間らしい。後片付けをしていた母と姉が、坂東くんの顔を見て手を止め、驚いた顔をした。

「……あら、もう晩御飯済んじゃったよ。どうしよう」

ふたりとも「おかえり」も云わず、きょとんとしている。今日帰るということは云ってあったのだが、まるで不意を突かれたような態度である。

「いいよ、いらない……。それより」

坂東くんはジャージの男を、背後から見下ろす。

この時点でもう、彼は酷く苛立っていた。当然の話だろう。こちらの声は聞こえている筈なのに、振り向きもせずテレビを見ている。

初対面である。一体どういうつもりなのか。

「……あんたが姉キの旦那?」

むきつけに訊ねると、男はようやく半身を反らし、坂東くんを一瞥した。

「……あ、ども」

それだけだった。

およそまともな人間ではない。三十代の半ばと聞いていたが髪は茶髪で、顔つきは奇妙に幼い。二十代後半くらいに見える。その態度が全てを表すように、絶望的なまでに幼稚な男だった。

呆然とするしかない坂東くんの横を通り過ぎた姉のシルエットに違和感があり、よく見ると、そのお腹が少し膨らんでいた。

「――どうするつもりなんだよ。このままここで暮らす気なのか？　あの人、仕事は何してんだよ。そもそも名前は何つーんだよ」

「何怒ってんのよ、うるさいなぁ……。関係ないでしょ」

「ふざけんな、関係大ありだ。俺んちだぞここは」

坂東くんは姉を廊下に引っ張り出し、詰問した。

が、彼女は面倒くさげに嘆息するばかり。前からそれほど仲のいい姉弟でもなかったが、ここまで蔑《ないがし》ろにされるとは、流石に予想外だった。

「叔父さんから、入籍したって聞いたぞ。父さんと母さんは、もう諦めてるらしいじゃねえか。姉ちゃん達がここに住むんだったら、俺はどうなるんだよ。大学出ても帰って来れないってことか」

「……はン。あんたは最初っから、大阪で働く気だったじゃない。急に戻りたがるなんておかしい。どうせ財産目当てよね？」

「てッ……」

てめえ、と怒鳴りかけたところに玄関が開き、お父さんが帰宅した。

外で一杯やってきたようで、顔が赤い――後から聞いた話では、もうあまり家で夕食はとっておらず、近くのカラオケ喫茶などで食べているらしかった。

「父さん」

「……ああ、帰ってたのか。大学はどうだ……」

ふうーっ、と酒臭い息を吐き、大儀そうに靴を脱ぐ。たった数カ月の間に、すっかり老け込んでしまったように見える。そしてそのまま、お父さんは坂東くんの返事も聞かず、自分の部屋へ引っ込んでしまった。

どう考えてもおかしかった。

家の中が歪み始めている。

いや、もう歪んでしまっている――あの、異様にふてぶてしい男の存在によって。

坂東くんは不愉快さに耐えかね、一泊もすることなく、その夜の内に大阪へ帰った。


義兄の前科が知れたのは、年が明けてすぐのことである。

あまりにも正体不明なので、叔父が興信所を使って調べた結果、それが明るみに出た。

『――全国ニュースにもなってたらしい。パチンコ屋の駐車場で、まだ赤ん坊だった息子を車の中に置きっぱなしにして、熱中症で死なせたんだ。裁判では当時の妻のせいにしようとしたらしいし、反省の欠片もない。心底どうしようもない奴だあいつは』

大坂に電話を掛けてきた叔父は、いかにも虫唾が走るといった様子で、坂東くんに義兄の過去を語った。

もう籍も入れてしまっているので姉の結婚自体は手遅れだが、あのまま坂東の家に住まわせる訳にはいかない。先月仕事を辞めたというのに、働かなくても食事が出ることに味をしめ、職探しをする気配もない。あのままでは家が食い潰される。

『お前が長男なんだから、今すぐあいつを追い出せ。わしも一緒に行ってやる。今あの家でまともなのは、もうお前だけなんだ――』

叔父との通話を切ったあと、すぐに彼は実家に連絡を入れた。

電話口には母が出た。

「母さん、叔父さんから聞いただろ。俺、明日そっちに帰って話をするから」

『……話って、どうするの？　揉め事は勘弁してもらいたいわ、私』

「そっ……、そんなこと云ってる場合かよ！　その男、ひとごろしなんだぞ――」

と、その時。

電話の向こうに、幽かに。

「……母さん。今、誰か泣いてなかった?」

『……えっ? 何?』

小さな子供の泣き声に聞こえた。

年末に会った姉は妊娠していたが、出産はまだしばらく先の筈である。

しかし今確かに、ふあぁぁ~、あぁ~、と、か細い管楽器のような声が。

「赤ん坊がいるのか……?」

『何云ってんの。テレビじゃないの?』

そうかな、と思う。それにしては声が近かったが。

いずれにせよ明日には実家へ帰り、叔父さんを交えての家族会議だからなと告げ、
坂東くんはケータイを切った。当然彼にも緊張はあったが、不愉快さの方がはるかに勝っており、暴れようがどうしようがあの義兄を、必ず、家から叩き出してやると腹に決めた。

翌日——。

坂東くんは朝から大学を休んで一旦叔父の家へ向かい、打ち合わせをした。

「今日中に出て行けと云っても、あいつはきっと行くあてがないとか何とか云って、引き伸ばしにかかるだろう。それでもとにかく今日と決めて、一日も譲らず追い出すんだ。あいつら夫婦が腰を上げるまで、絶対に折れるな。いいな」

「うん。俺もそのつもり」

「お前の親父もお袋も、その根競べに負けて、結局は奴の思うつぼだ――最悪の場合は首根っこを掴んで、腕ずくでも玄関から叩き出すぞ！」

叔父の鼻息は荒かった。修羅場になりそうだと思い、坂東くんはゆっくり深呼吸をした。

そしてふたりは車に乗り、実家へと向かった。

――が。

到着してみると、庭先にあの黒いセダンがなかった。

まさかと思ったが、義兄夫婦は家族会議直前でそれを察知し、外出してしまっていた。

叔父は逆上して「バカ野郎、逃がしたな」と自分の弟を、つまり坂東くんのお父さんを怒鳴りつけ、頬を殴った。お父さんは廊下の壁にぶち当たって倒れたが、小さく呻いただけで抵抗もせず、背中を丸めて自分の部屋へ帰った。

あいつらが帰って来るのを待つぞと叔父は云い、居間にどっかり腰を下ろした。

坂東くんは義兄の野生動物じみた小狡さに、どこか薄ら寒いものを覚えつつも、黙ってその隣に座った。


そのまま十分、二十分と時間が経つ。

叔父の怒りに煽られ昂ぶっていた心が段々と落ち着きを取り戻し、冷静になってくる。

——さっきの父さんの態度は何だ。いい歳をして息子の前で殴られて、文句も云わずに引っ込んでしまった。以前からあんな人だったろうか。

母さんは母さんでぼんやりと、キッチンのテーブルに座りこちらを眺めている。さっきからずっと何も喋らないし、叔父さんにお茶も淹れない。まるで放心状態のようにすら見える——。

異様だ。

ふたりとも心の中の、何か大切なものを枯らしてしまったように無気力になっている。
この家で一体何が起きているというのか。ここは本当に、俺の家なのか。
〈……ズズズッ……ドッ……ズズズズッ……〉
いつ始まったのかもわからぬまま、ふと気がつくと、頭上に物音が響いていた。
居間の上は、姉の部屋である。
〈……ドスッ……ズズズッ……ズズッ……〉
何かを引き摺っているようだが。
いや待て、上に誰かいるのか？
「……おい母さん。もしかして姉キ、上にいるのか？」
訊ねてみたが、きょとん、と見返されるばかりで返事はない。

「叔父さん」

「……あ？　ああ、本当だ。何か音がするな……」

いつの間にか叔父の様子もおかしい。反応が鈍い。

ちょっと見に行こうと誘うと、少し考えてから「そうか、そうだな」と腰を上げた。

家の中の空気がねばついている。湿度が高く、そのくせ酸素が少ない気がする。

坂東くんはしきりに深い息をしながら、二階へと続く階段を上った。

階上の狭い廊下は、洗濯物やら何やらが散乱して足の踏み場もなかった。いつもの叔父なら激怒しそうな有様なのだが、今日は黙って坂東くんの後ろをついてくるばかり。


〈……ズズッ……ドッドッ、ドッ……ズズズズッ……〉


薄暗い、酷く陰気な廊下の突き当りにあるシールだらけのドアに、坂東くんは掠れた声を掛けた。上手く声が出なかった。

「姉キ……、いるのか。開けるぞ」

ガチャリ、とノブを回す。

ドアを開ける。

ドスン、と部屋の真ん中で小さな肌色の影がのたうった。

四つん這いになり、少し進んでは止まり、進んでは止まりして、また、ドスッ、とひっくり返る。もがいているようだ。

苦しんでいるようだ。

可哀想にと思い、叔父を振り返って眉を寄せる。

叔父も彼の脇から室内を覗き込み、スウーッ、と力なく鼻息を漏らした。

ともあれ姉はいないので用はないと思い、坂東くんはドアを閉めた。


居間に戻って再び腰を下ろし、更に二、三分ほどしてから出し抜けに、ビクンッ、と全身の筋肉が引き攣った。まったく突然に、吐き気がするほどの恐怖が腹の底から湧き上がり、その足腰を立たなくした。

叔父も同様のようで、突如愕然とした表情になり坂東くんを凝視する。顔が震えている。

ふたりとも、確かに見たのだ。

生後何カ月かはわからないが、赤ん坊があの部屋に居た。苦しんでいた。

なのにそれを異常と思わず、調べも助けもせずに、黙って一階に下りてきた。

「ううう……」

この家は異常だ。

もう、手遅れだ。

坂東くんは半ば這うようにして、居間から逃げ出した。叔父も壁につかまりながら後に続き、怖ろしい怖ろしい、怖ろしい怖ろしい怖ろしいと念仏のように呟いていた。

※

今現在、姉夫婦がどのようにして暮らしているのかは、坂東くんも知らない。

このような出来事があったあと、それでも何度かは実家を訪ねて両親を説得しようとしたのだが、完全に無駄足だった。ふたりとも既に廃人に近いように見え、「あんたには関係ないでしょう」「もう口を出すな」とハッキリ、坂東くんを拒絶した。

だからもう、帰っていない。

「叔父も、諦めたようです。今じゃ親戚も誰ひとり近寄ろうとしないんで、定かではないんですけど――ちらっと、小耳に挟んだ限りでは」

姉はその後流産し、更に何度か妊娠はしたものの、結局子供はいないままだという。

「……だとすると、ですよ。今、あの部屋には何人の――」

と坂東くんは云いかけたのだが。

すぐに暗い穴を覗き込んだような眼になり、口をつぐんだ。

夜のドライブ

今から十年ばかり前、江澤くんが大学生の時の話という。

「僕はその頃、免許はあったんですけど車は持ってなかったので――どこか行く時にはいつも、母の車を使わせてもらってたんです」

それはお母さんが普段の買い物などに使っている、江澤くん宅のセカンドカー。

右ハンドルの白い輸入車で、サイズ的にはコンパクトカーであり、運転もしやすかった。

「ちょっと遊びに行く時とか、当時付き合ってた娘《こ》とデートしたりとかも、全部それで出かけてて。今思えば随分好き放題に乗ってましたね、ガソリン代なんかも気にしてませんでしたし」

大学を出て、就職したらもっといい車を持とうと思っていたものの――未だにそのお母さんの車すら、新車では買えない給与状態だという。景気の情勢やらで色々と割りを食っている世代なので、何とも気の毒な話だが、それはまた別の話である。

「……とにかく、その時も彼女と隣の県へ行ってたんです。レッサーパンダか何かがいる動物園に行きたいとかで、ドライブがてら連れて行かされて。その、帰り道のことです」


――午後八時過ぎ。

既に陽も落ちた海沿いの国道を、ふたりの車は走っていた。カーステレオから流れる曲と曲の合間に、どうどうと唸り砕ける浪の音が、窓越しに響いてくる。

遠出に疲れたのか、彼女は助手席にもたれて静かな寝息を立て始めていた。

江澤くんも少しぼんやりとしてしまいがちだったが、街灯も対向車もまばらな薄暗い道路の先を見つめ、ハンドルを握っていた。

と、やがて――。

県境付近のトンネルにさしかかったところで。

「……ちょっと停めて」

彼女がぽつり、と呟いた。

ん、寝言かな、と江澤くんは助手席を見る。

すると彼女は寝ていた時の姿勢のまま、瞼を開けて暗闇を眺めている。

「……なに？」

「ちょっと停めて。トンネルの前で」

気分でも悪いのかなと思ったが、彼女の声はやけに落ち着いている。

江澤くんは広い待避所になっている路肩に車を寄せた。その後ろから、大型のトラックが妙にだらだらした速度で彼らを追い抜いて行った。

あとには闇。

カーステレオと、浪の音。

「どうしたの。具合でも悪い？」

「……写真とか撮った方がいいんじゃない？　珍しいから」

「えっ、何が？」

「あれだよ。あんなの、珍しいもん」

くるり、と彼女が江澤くんの方を向いた。

いや——彼越しに、窓の先、真っ暗な海の彼方を見た。

そちらはコンクリートの防波堤が灰色に浮かんで見えるくらいで、浪の姿も定かでない。

ただ黒々とした夜の海でしかない。

「……何だよ。何が珍しいの？　わかんないな」

「はあああぁぁ……」

突然、彼女は厭に勢いのあるため息を吐き、むっすりと黙り込んだ。

お、おい、どうしたんだよ、と彼が肩に手をかけた時には、既に、その瞼をしっかりと閉じてしまっていた。

眠っていた。

すうすうと、さっきまでと同じ落ち着いた寝息を漏らし始める。

「……え、ウソだろ？　ホントに寝言？　寝ぼけたの？」

ぎこちなく苦笑し、声を掛けてみるが返事はない。

気味が悪い。寝言にしてはあまりにもハッキリ、喋り過ぎていた。

まったく、頼むよ、と彼が車を再発進させようとした、その時。

――ガチャッ、と後部座席のドアが開いた。

「うわッ……」

濃密な潮の臭いが車内に雪崩れ込む。

――バクン、と閉まった。

慌てて振り返る。車内灯を点ける。

しかし後部座席にはがらんとしたシートしかない。


「何……、何だよ」

そして彼が見ている目の前で、今度は。

ガチャッ、と彼女の向こう、助手席側のドアが暗闇に向けて開いたので――。

「うわあああああッ!」

ブウン、とアクセルを踏み込んで、Eくんは急発進した。


地元に戻ったあと、彼女は自分の発言を何も覚えてはいなかったという。

「物凄い速さで走りながら助手席のドアを閉めるのって、寿命が縮みますよ。まあ、その後は特に問題なく帰れたんですけども」

その翌週——お母さんが買い物途中に、その白い輸入車で事故を起こしてしまったそうだが、それとこれとに繫がりがあるのかどうかは、江澤くん自身にも定かではない。

磯

現在六十代の横山さんが、まだ七つか八つの頃のこと。太平洋に面した、彼女の生まれ故郷での話である。

「私のお祖父さんて人が、左腕がなかったんですよ。なんでも子供の時分に、馬車に轢かれたそうで」

当時の医療は乱暴だったのか、それとも本当に回復の見込みがなかったのか。いずれにせよ病院に担ぎ込まれるや否や、お祖父さんの左腕は肘の位置で、バッサリ切断された。

「目が覚めたら無かった、ってよく云ってましたね。……大人になってからは戦争にも行けずに、随分と白い目で見られたけど——これも何かの因果だと思ってじっと我慢したんだ、とか」

男手の減った村のために、それこそ馬車馬の如く働きとおすことで、なんとか村八分には遭わずに済んだのだという。
やはり苛酷な時代だったのだろう。むしろここ数十年の平和と安寧
いや――それまでの歴史を振り返って見れば、むしろここ数十年の平和と安寧こそこそが、極めて稀な、恵まれた状態なのかも知れない。
「戦後になって、ようやくお祖父さんも落ち着いたのか、磯に釣りに出かけるのが趣味になったようです。子供だった私は、それに時々ついていって、餌をつけたり魚籠《びく》を持ったりするのを手伝ってたんですが――」

何ぶん昔のことなので、季節なども定かではない。

ただもう、海で泳ぐような時期ではなかった筈だという。

お祖父さんはひょい、と釣竿を肩にかけ、岩場を後にする。

横山さんは重たい魚籠を両手で持ち、足を滑らせないように注意しながら、それに続く。

昼の遅い時間。傾き始めた太陽がざあざあと寄せては返す白波に反射し、眩しく輝いていた。ふたりはいつもの砂浜を、いつものペースで歩いていた。

と、そこに。

「……お祖父さん、あそこに人が倒れてる」

横山さんは怪訝な顔で、波打ち際を指差した。

白絹の着物姿が浪に洗われていた。

当然、水死体だと思った。

「……むっ」

お祖父さんも唸る。周囲を見回したが、自分達の他に人はいない。

ふたりはゆっくり、そちらに近づいて行った。

それはどこか青味がかって見える肌の、黒髪を下ろした美しい女性だった。

その両目は最初から皿のように開いていた。


〈――おひとつ頂戴してもよろしゅうございます?〉

女は彼女たちを凝視したまま、何かそんなようなことを云った。地元の方言ではない。

言葉の内容は正確に覚えていないが、声や口調に妙にとろとろした艶のようなものがあり、横山さんは瞬時に卑猥な印象を抱いた。

これは、近寄ってはいけない者だと感じた。

一瞬の躊躇の後、お祖父さんはその場で振り返ると、彼女が提げた魚籠から太ったメバルを一尾掴み出した。

そしてそれを女に向かって投げる。

——次の瞬間バシッ、と器用に魚を掴み取ると、女は横たわったままで大きく口を開け、そこに頭から押し込んだ。

横山さんが呆然と見守る中、ぼりぼりぼりぼりぼりぐちゃぐちゃぐちゃぐちゃ、と物凄い勢いで咀嚼を始めたので、お祖父さんが彼女の腕を掴み、急ぎ足で砂浜を出た。


「それからは、しばらく海に近寄っちゃいかん、と云われまして。確かに何日か荒れていたようで、あの女の人も流されてしまったかなぁ、と思ったりしましたが」

そうじゃない、あれが時化《しけ》を連れてきたんだ、とお祖父さんは真剣な顔で云った。

ひとりの時に会っても、絶対近づくなよ、とも。

しかし後にも先にもあのような女を見たのは、あの時限りだったという。

溺れる

不破くんのお父さんの話だという。

「うちの近所って溜め池が多いんで、結構釣りをしに来る子供がいるんですよ」

中高生になれば行動範囲も広がって、色々なところに出かけるようになるのだが、小学生のうちは手軽に釣れる溜め池を好むらしい。

バス釣りである。

「まあ、昼間だけですけどね。夜になるとみんな、怖がって帰っちゃいます」

木陰に夕闇が溜まり始める頃——ひとり、またひとりと子供の姿は消える。

静まり返った黒い水面は、日没と共に、先程までとは違った意味でのスポットに変わる。

「ええ……。昔はよく、人が死にに来てた場所らしくて」

住人にとっては、まったく迷惑千万な話だ。

死ぬのは勝手だがわざわざうちの近所でやることはないだろう、と云うのが大人たちの口癖だった。

「まあ、当然の話ですよね。死体が上がったとなると大騒ぎですし、そもそもプカンと浮いてくるってことは一旦沈んでから、〈膨らんじゃって〉出てくるのもある訳ですから」


不破くんが小学生の頃に一度、お父さんが青い顔をして帰宅し、晩飯は要らないと云ったことがあった。

話を聞くと、池に上がった死体を見てしまったからだという――。

「ちょっと、やめてくださいよ。私たちまで食べられなくなるでしょ」

お母さんは顔をしかめて、逃げるように台所へ入っていった。

お父さんはそれからしばらく、居間でテレビなどを眺めていたが、その横顔がどう見てもいつもの顔色ではない。

ずっと、緊張したままである。

不破くんは気味が悪いなとは思ったが、どうしても気になってお父さんに訊ねた。

「……ねえ、その死体って腐ってたの？」

びくり、と一度頬を引き攣らせてから、お父さんは彼を見た。

そして彼に向かってというより、自分自身の内側に語りかけるように、話し始めた。

「……最初は、誰かが溺れてるって話だったんだよ。それで大変だってことで、ウチの畑にもゴウダさんやらキサさんやらが呼びに来て」

「ふーん」

「で行ってみたら、本当に誰か溺れてたから。釣りに来てた奴が、滑り込んだのかなって。それにしても、岸から何メートルも入ったところで両手を振って、バシャバシャやってるから、変だなとは思ったんだけど」

「へえ」

「キサさん達がすぐに服脱いで、飛び込んで、助けに行ったんだ。そしたら……」

お父さんはまたブルブルブルッ、と顔を震わせて立ち上がった。

そして、トイレへ駆け込んで行った。

「――その溺れてた人を引き揚げたら、腐乱死体だったたっていうんです」

不破くんは実際のところ今も半信半疑な様子で、そう語った。

潮騒

今から七年ほど前。

広崎くんが地元の食品製造会社に辞表を提出した、その日の話である。

「僕は当時二十六だったんですけど、高校を出てすぐに就職した会社でしたから、八年くらいは勤めてたと思います」

次々と退職を迫られる年配の社員らの姿を目にするたび、将来の不安がつのった。

このままでは自分もまた、三十代、四十代でリストラされる公算が高い。

転職するなら早いに越したことはない。

今からならまだ、間に合う筈だ——。

「で、やっぱり何か手に職をつけて、別の業種に就こうと決めまして」

辞職の意思を伝えると、上司は「ああそう。じゃ一応、辞表書いてよ。後々のこともあるから」とだけ云って、特に引き留めたりはしなかった。

広崎くんは携帯電話で「辞表の書き方」を調べて、文面をそのまま丸写しして封筒に入れ、手渡した。

「ん、ご苦労さん。……お前はまだ若いからな。頑張れよ」

上司は疲れた顔で、ふーっとため息をついた。


その、夜。広崎くんは実家の二階にある自室で眠っていた。

するとふと、窓の外から小さく、潮騒のようなものがざあざあと響き始める。

目を覚ました彼が時計を見れば、午前一時三〇分。

音には次第にざりざりとアスファルトを蹴る音がまじり——やがて、それが列をなして歩く人の足音だと、彼は気づいた。

「……んん?」

二人や三人のものではない。

十人、二十人。あるいはもっと。

こんな時間に何ごとだろうと、彼はのっそり布団を出て、窓のカーテンを開けた。

街灯に照らされた狭い路地を見下ろせば、確かに。

相当数の人影が広崎くん宅の前を行進していた。

彼は絶句した。

その人数は百を優に超えている。

路地の交差点から交差点までずっと、黒い影が二列で連なっている。

しかもそれらは皆、極端に背が低い。

まだ幼児だ。小学校の、低学年くらい。

まるで遠足だが、街灯に照らされるその帽子や服は、尽《ことごと》く黒である。

こんな——常軌を逸した人数の、黒づくめの子供が？　こんな時間に？

——シャッ、と広崎くんはカーテンを引き、慌てて布団に戻った。

自分は、あり得ないものを見ている。

どうかしてしまったのかも知れない。

「ないない……。そんな訳ない……」

ざっ、ざっ、ざっ、ざっ、と響き続ける行進の軽い靴音に、耳を塞ぐようにして、彼は頭から布団をかぶった。

心臓がドキドキと逸っていたが、それでもすぐに、また意識はフッと薄れた。

――ざあざあと潮騒のような音が響いている。
まだ歩いてるのか。畜生。
夢だ、これは夢だ。
俺は眠るんだ――。

――ざあざあと潮騒のような音が響いている。
ハッ、と意識が戻る。
おかしい。さっきから寝付いては起き、寝付いては起きを繰り返している。
なのにずっと、窓の外の足音は響き続けている。
一体どうなっているのかと苛立ちを覚えながら時計を見れば、午前一時三〇分。
携帯電話を開けてみても、午前一時三〇分である。
首筋に鳥肌が立った。
「……はぁ?」
あれだけ寝たり起きたりしたのに、一分たりと時間が経っていない。
まさかこのまま、永遠に行列が続き、夜も続くのではないか。

彼はたまらなくなって、慌てて布団から飛び出すと、階下に駆け下りた。

「一階の居間に入ると、足音は聞こえなくなったんですよ。だからもうそのまま、そこでテレビつけて、朝までうつらうつらしてましたね」

仕事を辞めて帰って来た息子が、朝になるとおかしなところで寝ているので、ご両親は少々驚かれたようである。

「今は結局、介護の仕事をやってて、それなりに安定してるんですけど。あの夜の行列だけは——なんか、思い出しても気味が悪いですよ」

以来彼は、町で小学校低学年の児童などを見るたびに、少しだけ不気味な思いがするようになったという。

スポット

今から六年前。常磐さんは伯母さんから、ある相談を受けた。

「いつでもいいから休みの日に、泊まりに来てくれないかって云うんですね」

伯母さんの家は隣の市、K市の外れ。

端的に云えば寂れゆく農村地帯である。

「えぇ、って思うじゃないですかやっぱり。会いたいならそっちが泊まりに来たらいいのに、って云ったんですけど」

そんな事を云わずに来てくれ、子供の頃は毎年来ていたではないかと懇願された。

両親に話してみると、当然のように「だったら来週行きなさい」と云われた。

「伯母さんの娘ふたり、つまり私の従姉達は、もうどちらも余所の県にお嫁に行っちゃってて。めったに帰って来ないらしくて」

しかも先月、旦那さんがトラクターをひっくり返して足を折り、入院中とのこと。

ひとりになってしまい心細いのかも知れない。

事実伯母さんは、彼女に電話で、少し気になることを云っていた。

――タエちゃんって、結構宵っ張りだったよね？　だったら一緒に、見て欲しいものがあるのよ。一緒に確認して欲しいの。何かね、不思議っていうか。気味が悪くてね。あ、別に怖いものじゃないのよ。ただちょっと最近、夜になると不安な気がして。

当時、二十歳を過ぎても実家住みの上、アルバイト暮らしだった常磐さんの気楽さは、先方も承知している。断るに断り切れず、彼女はトートバッグひとつを提げて火曜日の午後、原付を走らせることになった。

※

Ｋ市は西側を山、東側を海に挟まれた南北に長い市だという。

所々で山がせり出し、海岸線まで達しているので、その部分にはトンネルが通っている。

常磐さんの伯母さんの家があるのはそんな、海にほど近い山の斜面らしい。

市道を逸れ、うねうねと蛇行する山道に入ってから――彼女は原付で来たことを後悔したが、他に交通手段がない。バスは山の上の集落までは行かないし、下手に迎えに来てもらったりすると、帰りのタイミングで気を使う。

鬱蒼と茂る木々に太陽は隠れ、昼でも薄暗い道だった。

苔の生えた路面に辟易しながら十五分ほど登り、常磐さんはようやく、全部で二十戸ほどしかない小さな村に行き着いた。

「……タエちゃん、わざわざごめんねぇ！　ありがとう！」

伯母さんは嬉しそうに彼女を迎え、いそいそとお茶菓子の用意をしてくれた。

最初は面倒に思っていたが、いざ足を運んでしまえば、相手は物心つく前から世話になっている人である。何か困りごとがあるなら力になりたい。

常磐さんはひと息ついてから、早速、その「夜の不安」とやらについて訊ねた。

「でも、幽霊とかの話だったら勘弁ね。私そういうの苦手だから……」

「あはは、違う違う。そうじゃないの。いえね、このところ夜になると、そこの道を登って来る人がいるのよ――それも、大勢」

来しなに通った、あの山道のことである。

ガードレールも切れ切れな、一車線の舗装道。

湿気が多い土地なので、擦れた白線などは苔に覆われてしまっている。

この集落に通じる唯一の道であり、ここを通り過ぎれば、山を大きく迂回してからまた市道へと繋がっている。自動車の離合も難しいし、用のない者がわざわざ通るような道ではなかった。

「なのにね、通るの。先月になってから急に、しょっちゅう。それも徒歩で。懐中電灯の光が何本も、北の口から登って来て……」

集落を少し通り過ぎたところで、消える。

おそらく、山の中に入って行くのではないかという。

「何それ――えっ、何それ怖い。そこの前の道でしょ？　やだぁ、やっぱり幽霊の話じゃない！」

「いやいや、だから違うのよ。みんなちゃんと足がある人間。ほらあの、ツカダさんの畑の横に、消防団の建物があるでしょう。あそこに街灯があるから、前を通った時にはっきり見えるのよ。私もこの目で確認したけど、みんな普通の服来た、普通の人達だった」

――と、なれば。

真夜中に山をうろつく連中の動機など限られている。

「それじゃあその人達は、遊びに――いや、探検に来てるとか？　……もしかしてこの山って、いわゆる心霊スポット？」

いつの時代にもどこからともなく噂を聞きつけ、そういった場所を訪れる人々がいる。

甚だしい場合はテレビや雑誌で、大々的に噂を広めてしまう場合もある。

懐中電灯を片手に肝試しに来る者達は、いわばゲーム感覚で悪気もないのだろうが、そこの地域住民からすればたまったものではない。人々が寝静まった頃、家の近所を、どこの誰とも知れない連中が歩き回る――これは治安の面でまず不安になるし、実際にゴミを捨てられたり、騒音の害を受けたりもしよう。

また、何よりも住人としては、そんな不穏当な噂が立つこと自体不愉快な筈だ。

家のすぐそばで幽霊が出ると云われて嬉しい者などなかろう。下手をすると地価まで下がりかねない。迷惑千万とはまさにこのこと。

常磐さんはいたく憤慨した。

「それ、警察に云った方がいいよ絶対。パトロールしてもらって、追い払ってもらうしかないじゃない。何だったら私が電話しようか？」

「……うーん。でも、あんまりことを荒立てるのもねぇ。今のところ不安なだけで、特に騒いでるって訳でもないし」

「伯母さん、悩んでたって解決しないよ。きちんと対応しないと、もっと来るようになるかも知れない。私、今から電話する」

と、その前に。

ひとつだけ確認させて、と彼女は云った。

「……この村って、ホントに幽霊なんか出ないよね？」

「……うん。嫁いで来て三十年になるけど、私は一度もそんな話、聞いたことない」

そっかそっか、よし、と常磐さんは意を強くし、スマホを取り出した。

電話をかけて一時間もしないうちに、地元の交番から巡査が来た。

少々気後れしている風な伯母さんに代わって、常磐さんは夜な夜なやって来る連中に実に迷惑しており、今すぐどうにかして欲しい、とオーバーに訴えた。

五十前後の温厚な巡査は、「なるほどなるほど」と何度も頷きながらメモを取った。

「実はこの山の下の、○町からも苦情が来てましてね。このところ不法駐車が増えてるんですよ」

「そうなんですか？」

「ええ……、テナントの駐車場の隅の方に、いつの間にか停まってるようで。県外ナンバーもあったりしますから、ひょっとするとその、探検に来た連中なのかも知れませんね。中には二日、三日と停めっぱなしの奴らまで」

「へえぇ……」

思った以上に、噂は大規模に広まっているのかも知れない。伯母さんは何か云いたそうな顔つきだったが、結局は警官の手元を眺めるばかりで、相槌を打つ程度だった。

常磐さんがよろしくお願いしますと頭を下げると、巡査は夜中の警戒を強める旨を告げ、オートバイで帰って行った。

——伯母さんがそれまで云わなかった「もうひとつの心配事」を、ぽつりと漏らしたのは、その日の夜になってからである。

風呂を借り、さっぱりとした常磐さんは自分で客間に布団を敷こうとしていた。そこへ伯母さんが来て、ふたつある窓のカーテンの厚みをそれぞれ確かめるように触り、きちんと隙間なく閉め直した。

「……タエちゃん、見に行ったりはしないよね？　外に出たりも……？」

「えっ……？　まさか、行く訳ないじゃない。そいつらの中に、物騒な奴がいたらイヤだもん」

「そうよね。良かった」

ほっ、とした様子の伯母さんは布団の用意を手伝いながら、言葉を継ぐ。

「……イヤだわ、本当に。何が楽しいのか知らないけど、毎晩ラジコンまで飛ばして。まるでUFOみたいで気味が悪いったら」

「ラジコン？」

「うん。煌々と明かりをつけて飛ばしてるの、毎晩のように。ずーっと上の方まで——」

何故だかはわからない。

しかし常磐さんは突然ゾッ、とうなじに冷たいものを感じた。

「何……？　私、それまだ聞いてない。探検に来た連中が、何か飛ばしてるの？」

「だと思うのよ、多分。花火じゃないからラジコンでしょう？　それがいつもＵＦＯみたいに、早くて気味の悪い動き方するの」

「……待って。伯母さん」

何だろう。

いくつかの違和感が胸の中に、ぽつぽつと湧きあがって来る。


――真夜中にラジコン？

――先月から、突然。

――車を北の口に停め、わざわざ何十分もかけて、徒歩で登ってくる者達。

――特に騒いだりもせず、順番に山の中へと入って行く。

――二日、三日と停まったままの車。県外ナンバー。

おかしい。

心霊スポット探検ではないのか？　だとしたら、何？

「あっ……、ほら、あれ。あれよ。まだ十時過ぎなのに、もう飛んでる」

伯母さんが僅かにカーテンを開け、常磐さんを手招きした。

彼女はおそるおそる、それを覗いて見た。

目の前に聳える山肌の、遥か上の方にびゅんびゅんと旋回する光点があった。

まともな速さではなかった。

まるで紐で括った懐中電灯を振り回しているような速度である。

山のてっぺんより何十メートルも上で、何十メートルもの円を描いて回っているように見える。

物凄い寒気に襲われ、常磐さんはすぐにカーテンを閉めた。

「伯母さん――駄目。私、怖い」

あんな動きが可能なラジコンなど、聞いたことがない。

まるで蝿のようだった。速すぎて光が尾を引いて見えた。

あれは「ＵＦＯみたい」な物じゃない。

明らかに、それ、そのものとしか――。

※

翌朝、常磐さんは逃げるようにして伯母さん宅を後にした。

原付で山を下りながら路面を見ると、来る時は気づかなかった沢山の靴跡が苔の上に、延々と、そして整然と、麓まで続いていた。

「……本当に、気味が悪かったです。私自身はその人達を見た訳じゃないので、何とも云えないんですけど――でもこう、想像すると何だか宗教っぽいというか、そんな印象を感じたのも覚えてます」

彼女は伯母さんを心配して、それから毎週のように電話をかけ、様子を訊ねていたそうだが。

「一カ月もしないうちに、もうラジコンは出なくなった、人も来なくなったみたいだ、って云うので――」

良かった、警察のパトロールが功を奏したのだとしたらなによりだと常磐さんは思った。

――これはあくまでも余談になる。

そのようなことがあった翌月、足を骨折していた旦那さんが退院して来たのだが。

一体どういう訳か、以前とは打って変わって乱暴な性格に豹変しており、毎日のように伯母さんを殴りつけるので、その年の末にふたりは離婚してしまった。

それまでこの夫婦が喧嘩をしたというような話は、親戚の誰も聞いたことがなかったので、周囲の驚きは相当なものであった。旦那さんは何故、何と云って伯母さんを殴っていたのか――少し気にかかるところだが、生憎当人達が外に向かって話そうとしないので、一切不明のままである。

伯母さんは現在、顔面骨折によって痛々しくも形状が変わってしまった顔のまま、常磐さんの実家の数軒隣で暮らしている。

今でも時々、一、二年おきに、ＵＦＯを見たと云って常磐さんに電話をかけて来るそうである。

不明

建築金物の営業職、藤崎氏から聞いた話である。

「前の会社で五年、今の会社で四年——そりゃあ私も大概、車で走り回ってますけどね。でも、あんなの見たのは初めてですよ」

T県南部の海沿いの、国道でのことだという。

彼はその日、いつものように営業車のハンドルを握って取引先を回っていた。

「私の車はご覧のとおり、ステーションワゴンですから、後ろにちょっとした荷物なら載ります。段ボール一個や二個の商品なら、ついでに配達してきてくれって云われる場合もあるんですね」

あまり重い荷物だと流石に辟易するが、大抵はふたつ返事で引き受けている。

——なのでその時も、営業車のトランクスペースには大小いくつかの段ボール箱が積まれていた。彼の会社が取り扱う品は文字通り金属製品が多く、車の振動に合わせて箱の中でカチカチ、キンキンと軽い音を立てて揺れていたそうである。

午後一時。

しばしば訪れている国道沿いの喫茶店で昼食を終えた彼は、爪楊枝をくわえたまま店を出た。次に向かう取引先は決まっており、一時過ぎには伺いますと云ってあった。

駐車場の営業車に乗り込む藤崎氏。

ドアを閉める。

エンジンをかける。

顔を上げる——と、そこに。

何かが空を飛んでいる。

彼が一瞬ギョッとしたのは、咄嗟に、その大きさが分からなかったからだ。

——我々が普段空を見上げて目にするのは、太陽と雲を除けば、鳥か、飛行機である。

当然それらのサイズは概ね承知しているし、それがこのくらいの大きさに見えるということは、このくらい離れているのだなと推測できる。だから、違和感はない。

が、どのくらいの寸法だかわからないものがいきなり宙に浮かんでいると、逆算できないので距離感も掴めず、自分が一体何を見ているのか、理解できない。

藤崎氏が目にしたのは、ひとことで云えば、脚の生えた袋だった。

色は黒。

見かけの大きさは腕を突き上げた時の、握りこぶしくらい。

気球か、と思ったがそれにしては移動が早い。つまり、近い。

近いという事はそれがそんなに大きくないということで、精々人間くらいの大きさだと判断された。

となると、あの袋から二本垂れているものは、人の足か。いやそれにしては柔軟すぎる気がする。自転車でも漕ぐように盛んに動いているが、関節がふたつもみっつもある。

「……なんだぁ、ありゃあ――」

当然の感想だろう。

袋は高さにしてビルの五、六階くらいの空中を、すうううう、とまっすぐ横に滑って行く。どうやら南へ流されているようだ。

「……ううむ」

首をひねり、思案する。

追うかどうかをである。

案外速く移動しているので、追いかけるなら今しかない。

もう親指くらいの大きさになってしまっている。

「ええい。しょうがねえな……！」

小さく呟いて、彼は南へハンドルを切った。


海岸線に沿って、営業車は走る。

黒い袋はずっと一定の速度で、ひとつの方角に向かって移動している。

しかし藤崎氏が走っている国道は、海岸に面して大きな弧を描いており、袋から少しずつ離れていってしまう。ソレは、既に海の上を進んでいるのだ。

このまま行っても距離がひらく一方であり、しかもあと数百メートル先で、国道は海から大きく離れ、右手へとカーブしていた。

「駄目だなこりゃぁ」

間もなく、目視で追い続けることは出来なくなる。

でも待てよ、と彼は思う。

この辺りは彼の仕事のテリトリーで、脇道にもある程度詳しい。右手へカーブしたあと、すぐ左側に山に登る道があった筈だ。その先は――確か、○○建設の社長の地所で、畑か何かがあると聞いた覚えが。

よし。

まったく知らない相手の土地ではない。大丈夫だ、行ってみよう。

先回りしてやる。

ガーッ、とアクセルを踏み込み、藤崎氏は加速する。


農家の槙囲いの脇を抜け、水田の横を通って、車は小高い山へと入った。

おそらくここから先は私道なのだが、何通りかの言い訳を考えつつ更に進む。

ほどなく、無舗装の山道は結構な広さの耕作地に突き当たって終わった。

斜面に生い茂っていた雑木の林はおあつらえ向きに、海に向かって大きくひらけている。

藤崎氏は車を停め、周囲をぐるりと見回してから降りた。他に人の姿はなかった。

空を見上げ、手をかざす。

……あの袋は、あのままのコースで来るならここのすぐ近くを通るに違いない。

きっとさっきよりもよく見える——と、彼が考えた瞬間。

黒々とした子象のようなものが前方の木立の合間、ほんの五メートルばかり頭上の位置にすすすすすすす、と滑り現れた。

「ッ……！」

流石に仰天した。

近いなどというものではない。目の前である。

直径約二メートル、下に向かって尻すぼみの形状。

全面皺だらけで艶はない。布か、紙で出来ているようにも見える。

そしてその下部からは、確かに二本の人の脚に似た器官が生え、じたばたもがいている。

——化け物である。

藤崎氏の全身にドワッ、と冷や汗が湧いたのは一拍置いてからのことだった。

彼はすぐさま営業車に駆け戻り、飛び乗って、エンジンを掛けた。

するとその振動でトランクスペースの箱の中身がキキキキキキキン、と小さいながらも甲高い金属音を打ち鳴らし、それに応じるかのように視界の端で——黒い気球じみた異物が、す、す、す……、と減速したように感じた。

この時、彼が感じた恐怖は凄まじいものであった。

シフトをバックに入れ、思いきりアクセルを踏んだことまでは覚えているが、次に気がついた時には、猛スピードで海岸線を北上していたという。

ミラーを何度も確認して、後ろの頭上に何もついて来ていないのをよくよく確かめてから、彼はやっと「はあああああっ……」と、深い深い溜め息をついた。

「あれ、何なんでしょうね。何だかわかりますか？　作り物だとしたら相当なもんですよ。私、後になってドッキリかなぁと思って、しばらくテレビとかタウン誌とか見てたんですけどね。やっぱりそんな話は全然出ないし……」

興奮状態で取引先に行き、この異常事態を熱弁した結果、会社にクレームが入った。

社長から訓告を受けたそうである。

「気が狂ったと思われたんでしょうね。だからもう、あんまり大声では云わないようにしてるんですけど——もし何かわかったら、教えて下さいよ。いや本当に、どうぞお願いします。くれぐれも、どうかひとつ」

ある妖精

　志摩さんはウェブ関連の会社に勤める、二十代女性。

「小さい会社ですから、年中納期に追われてて。他の社員の細々した作業を手伝ってる時間の方が、多い気がします」

　いくら男女雇用機会均等と云っても、やっぱり社員らの意識としては、まだ若い女性を終電間際まで残らせるのは忍びないのだろう。

　本当に抜き差しならない場合を除き、遅くとも午後九時頃には、先に帰るよう上司に云われるそうである。

「この業界で、そんな甘いことを云ってくれる会社はそうそうないみたいですから。有難いことなんですけど――」

　げっそりした顔でキーボードを叩き続ける同僚らを残し、帰宅の途につくのは、いつも胸が痛むという。

彼女も初めのころは「平気です、まだやれます」と、終電間際まで残っていたことが、何度かあった。

地方都市とはいえ、やはり零時前後まで電車は走っている。駅までの時間を考えても、十一時半くらいまでは残ろうと思えば、残ることができる。

「でも……。何回か厭な思いをしたので、私、終電が無理になっちゃって。申し訳ないなとは思いながら、今ではお言葉に甘えるようにしてるんですよね」

五年前。入社半年ほどの、新入社員だった頃のことという。

やんわりと先に帰るよう勧めてくれた上司に、「ひと段落するまでやってしまいたい」と返事をして、志摩さんは作業を続けた。アットホームな雰囲気の職場なので、同僚達を助けたいという殊勝な気持ちも強かった。

そして、駅で終電に乗ったのが午前零時を少し回った頃。

その日は週末でもあり、酒臭い息を吐き散らす若者らが大挙して、ほぼ満員。

電車の中にすし詰めになっていた。

(……臭いし、うるさい。こっちは疲れてるのに)

ゲタゲタとけたたましい笑い声を上げる酔客に、志摩さんは苛立ちを覚える。

自分も少し前までは似たようなものだったのかも知れないが、やはり社会人になると周囲の見え方まで変わってくる。

（所詮は学生なんて、世の中では消費するだけの立場なんだな……）

はーっと彼女は嘆息し、ドアにもたれて真っ暗な車窓を眺めていた。


すると。ほぼ満員の乗客らが半透明に映る、窓の中に。

——ぶんぶん、ぶんぶん、とずっと首を左右に振り続けている女がいる。

立ち位置は志摩さんの斜め後方、間に人を三、四人ばかり挟んだところ。若い服装で髪の色も明るいので、大学生だろう。

いずれ酔っぱらいなのだろうが、揺れ続ける車内であんなに首を振っていては、気分が悪くなるのではないか。

彼女は少し心配になり——しかしあからさまに振り返って見るのもためらわれて、じっと窓に映るその姿を見詰めていた。

と、しばらくするうちにその女の首の振り方が、尋常なものではなくなってきた。

髪がわさわさと膨らみ、暴れ、周囲の男性客の顔にも当たりまくっている。

トラブルの気配を感じて、志摩さんはうっすらと緊張する。

コホン、と小さく咳をして、体勢を変える風を装い、彼女は身を横にした。

そしてそのまま横目で、首を振る女を確認した。

次の瞬間ごぼごぼごぼッ、と排水口が溢れるような音をたて、男性客が反吐《へど》をはいた。

それをまともに浴びてしまった別の男の客が、げえぇッ、と仰天して吠える。

車内は一挙に騒然となった。

小さな悲鳴や怒声が上がり、吐いた客とそれを浴びた客のまわり五〇センチほどに空白地帯ができる。

それにともなう押し合いへし合いによって、志摩さんは足を踏まれ、痛みに声を上げた。

——そして、一瞬だけ。

固形物が混じる反吐の上で、明るい髪の色がうねうねととぐろを巻いているのが見えた。

色も長さも、先程の女の髪に間違いなかった。

「〈反吐の妖精〉って私は呼んでますけど」

終電に限らず繁華街などでも、極まれに、路上の反吐のそばにうずくまり、頭を振りまくる女の姿を志摩さんは目にしている。

「怖いっていうより、きたならしいって感じですかね。だから私、酔っぱらいの傍には、近寄るのも厭になっちゃって」

彼女が数回見たというその女は、深夜の町という点は共通しているが場所も時間もまちまちなので、同一の存在なのかどうかは不明という。

ある断片

昔の人の体験談というのは、粗方散逸してしまった紙芝居のようなものである。印象的な場面だけが今に語り残され、その事件の背景や始まり、あるいは決着についてまで、不詳、不明というケースも少なくない。

つまりひとつの「お話」として、据わりのいい形にまとまらない。

いささか残念なことであるが、ご当人が亡くなっておられる場合には当然追加取材などもできず、我々はせめて残された断片を断片として、そのまま保存するしかない。

昭和三十年代、安藤氏の大叔母の話だという。

「祖父さんが昔、よくその話をしてたんだよね。俺の大叔母が――つまり祖父さんの妹が、生前妙なことを云ってた、って」

彼女は若い頃に一度、離れた村に嫁いでいた。

が、それから何年と経たず実家に帰されたらしい。

「嫁ぎ先で何があったのかは知らないんだけど。まあ昔のことだから、近所の人からは随分白い目で見られたらしいよ」

それからは再婚することもなく、大叔母はずっと五十年以上、祖父の実家で暮らして亡くなったという。

「で——大叔母がソレを見たのは、なんでもその、嫁ぎ先の台所だったみたいだね」


ある夜——。

便所へでも行く途中だったのだろうか。

新婚間もない安藤氏の大叔母は、台所からコトコトと鍋の鳴る音を耳にした。

彼女は足を止め、不審に思ってそちらを覗いた。かまどの上には深い鉄鍋が置かれていたが、時間も時間なので当然、火など入っていない。

だが鍋の上の木蓋は確かに、コトコト、コトコトと何かを煮ている時のように音を立てている。

真っ暗な台所でその静かな音だけが響き、彼女を呼ぶように鳴り続ける。

——もしかすると鼠か、その類の小動物が紛れ込んでいるのかも知れない。

それらが鍋の中に入っていると知らず、蓋をしてしまったのか。
大叔母はそっと草履を履いて、土間に降りた。
その途端、コトリ、と蓋の鳴る音が止んだ。
続いて、闇の中でも一層暗い、かまどの黒々とした焚き口の穴から。
「むうぅぅおおぉぉ……」と、何者とも知れぬ男の低い低い唸り声が響き始めた。
嫁ぎ先から出戻った大叔母には、両手の平に、酷い火傷の痕があったという。
怪我の原因を聞いても、彼女は頑として口を開かなかった。
その代わりにこの、かまどの話をしたのだと、安藤氏の祖父は語ったそうである。

着物

　ベテラン銀行員の鈴木氏に伺った話である。

「僕の実家は代々、質屋をやってましてね。まあ細々とした小さな店ですけど、今も兄が継いで営業しているんです」

　繁華街に近いこともあり、利用者にはブランド品を持ち込む女性客が多いという。

「ご存じかと思いますが、うちに限らず現在の質店はそういう高価な時計やバッグ、貴金属の取扱いが主なんですが。昔はやっぱり古道具や、古美術品が持ち込まれることが多かったんですね」

　と、いうよりも質店は本来、江戸時代以前から存在していた、庶民の最も身近な金融業者である。歴史は相当に古い。

「ええ……。なもんで、しばしば——何十年かにいっぺんくらいは、妙な品を預かってしまうこともあったと、親父からは聞いておりまして」

まだ戦後間もない頃。

鈴木氏のお父さんの代に、ひとりの身綺麗な婦人が訪ねて来た。

風呂敷に包んだ着物をまとめて三枚、質入れしたいとのこと。

婦人はまだ若いようだが、町内では見覚えのない顔だった。隣町か、あるいはもっと遠方から来たのかも知れない。

大方どこかのご新造さんが、亭主に内緒で金を工面せねばならなくなったのだろう——それもいささか、後ろ暗い理由で。お父さんはそう察した。

「親父によると、着物自体はなかなかのものだったそうです。僕はそっちに明るくないので、よく分からないんですが——」

今、着物といえば二束三文に扱われる質草の典型だが、当時はそれなりの値がついたようだ。

婦人はきちんと台帳に、住所氏名を記した。案の定それは、バスをいくつも乗り継がねばならない遠い町のものであった。

「……そもそもそれが本名かどうかは、親父も結局確認しなかったようで。まず盗品じゃないってことだけ勘で見分けて、それで充分だったんでしょう」

今も昔も程度の差はあれ、余計な詮索は無用の商売である。

鈴木氏の店では、預かった質草は「蔵」と呼ばれている別棟の倉庫に保管される。そこには元々、本当に土蔵が建っていた。しかし戦災で失われてしまい、その後母屋と廊下で繋がった、小ぶりな平屋が建て直された。

一見すると普通の離れなのだが、中は広い板の間で沢山の棚だけが何列も並んだ、蔵代わりの倉庫になっているらしい。

いつもしんと静まり返り、趣味も趣向も大小もてんでバラバラな質草がみっしりと棚に並んでいる様子は、幼い頃の鈴木氏には少々気味悪く感じられたそうである。

母屋から伸びる、ほの暗い廊下の突き当り。南京錠で封じられたその引き戸は、腰から上が頑丈な木の格子であるため、薄闇に沈んだ室内が遠目にもうかがえる。

——まるで座敷牢のような雰囲気であるが、これは風の通りを考えてのことだという。

件の着物三枚も勿論、札をつけ、その「蔵」の一角に収められた。

そして即日、異常が発生した。

せた。

「……あなたッ、あなたッ！」

ドタドタドタッ、と居間に飛び込んで来た妻の姿に、お父さんは思わず腰を浮か

就寝の少し前というから、午後九時ごろであろうか。

「な、なんだ。何ごとだ一体。びっくりするじゃないか」

「く、蔵に誰かいるんですよ、早く！　泥棒かも知れない！」

なにっ、とお父さんは顔色を変えて立ち上がると、床の間に飾ってあった日本刀を掴んで廊下に飛び出した。

このような時間に、しかも灯りのついた家に入ってくるような泥棒なら、押し込みの可能性もある。

躊躇すればこちらの命が危ない。

お父さんはドスドスと床を踏み鳴らしながら一直線に「蔵」へと向かう。

だが――。

「……おい、錠前が閉まってるぞ。本当に居たのか」

離れに設けられた窓は高所の空気抜きだけで、到底人間がくぐれる大きさではない。出入りの手段はこの廊下の、腰から上が格子になった引き戸以外ない。

「い、いました。間違いないですよ。女の泥棒です」

「なんだと？」

「この格子の向こうに、立ってたんですよ女が――白い、着物の……」

はッ、と奥さんは口元を押さえて黙った。

まさか、という顔で「蔵」の暗闇を凝視する。

「……わかった。お前はそこにいろ」

お父さんはいつも持ち歩いている錠前の鍵を開け、裸電灯のスイッチを入れて、「蔵」へ入っていった。

――想像通り、中には鼠の一匹も見当たらなかった。

それからの数日間、奥さんは連日、格子戸の向こうに「着物の女」を目撃したという。

女は必ず白い着物姿。

現れるのは夜中で、暗闇の中で身動きもせず、じっと母屋の方を見ている。人が入れない場所にいるのだから当然人ではない。

実際のところ、様々な想いのこもった質草が山と置かれた場所だけに、不可解な現象はこれが初めてではなかった。

お父さんは戦前、火の気のない土蔵の中からメラメラと赤い光が漏れているのを目にしたことがある。

更に先代は真夜中に、「ぎえっ、ぎえっ」と怪鳥のような鳴き声を聞いたというし、地震でもないのにドーンッ、と土蔵だけが揺れたりしたこともあったという。

なのでそういうことも起こり得る商売なのだろう、とお父さんは思った。

が——嫁に来て二年にならぬ奥さんには、到底耐えられぬ事態だったようである。

日に日に顔色は悪くなり、食事は喉を通らなくなっていった。

「こうしている間にも、あの女はあそこに立っているのだろうか」と思い、夜もほとんど眠れなくなった。

おそらくは恐怖が強すぎて、それ以外のことが考えられなくなったのだろう。

──奥さんはお父さんが鼾をかき始めてからそっと寝室を抜け出し、足音を忍ばせてわざわざ自分から、「蔵」へと続く廊下の先を覗き見た。

案の定、女は格子戸の奥に居た。

しかもその夜は、十センチ四方ほどの格子の枠から両手を出し、南京錠をぺたぺたと探っていた。

ぎゃあッ、と奥さんが叫んだ瞬間、その手はするりと暗闇に消えた。

あれは「蔵」から出てくるつもりです。

こんな家にいたら、そのうち祟られるに決まっている。あたしには我慢できません。

「──そう云い残して、その人は翌日、実家に帰ってしまったそうです。それから何年かして後妻に入ったのが、僕や兄の母という訳です」

数週間後、件の三枚の着物は流れ、馴染の古着屋が持ち帰った。

それを機に「蔵」はまた、ひっそりと静かな闇に戻ったという。

扇子

元競輪選手の宮迫氏が、まだ幼い頃の話という。

「もう故人なんですが——うちの祖母がですね、何と云いますか、所謂〈がばい〉祖母ちゃんで」

子供の時から色々なことを教えてもらった。

いや、半ば振り回されていたと云ってもいい。

「たとえば、お正月に親戚連中からお年玉をもらうじゃないですか。小学生の時なんかだと、ひとつひとつは少額でも、積もり積もればそれなりの額になりますよね」

それを、炬燵の上で賭ける。

お祖母さんが親になり、トランプなどを使って博奕《ばくち》を打つのだという。

「僕は男兄弟が多くて、みんなで炬燵を囲んでやるんです。兄弟間で奪い合い。勝てば勿論嬉しいからワーッと熱中するんですけど、年下の僕なんかは最終的には負けてしまって、結局スッカラカン」

当然、大泣きする。

碌に使う間もなくお年玉を失ってしまえば、当然の話だろう。

普通ならそこでお祖母さんが仲裁に入り、チャラにしてくれたのかと思うが、彼の家の場合はそうではなかった。

「どうや、わかったか、これが博奕や。真剣勝負や。泣いても笑ってもいっぺん賭けたもんは返ってこん、よう覚えとけよ、とまぁこんな具合です」

一切容赦がない。

最初にやると決めたのはお前ではないかと云われ、お年玉は兄達の財布に入る。なかなかに怖ろしい教育方針である。

「他にも色々と連れて行かれたり、やらされたりしたんですが。今思い返せばとにかく豪快な、面白い人だったんですね」

宮迫氏が、まだ小学生に上がるか上がらないかといった歳の、ある夜。

彼はお祖母さんの家に泊まり、二階の部屋で一緒に寝ることになった。

夏である。蚊帳を吊ってもらい、布団を並べて横になる。

涼しい夜気が微風に乗って、六畳間を流れて行く。

開け放たれた襖――短い廊下を挟んで、これも開いたままの窓から夜空が見える。

その窓にぽっかりと浮かぶ、白い月。

眩しいくらいの月明かりだったというから、満月か、それに近い月齢だったのだろう。

彼は段々と眠くなるまで、その光を眺めていた。

すると、やがて。

「……タケシ、起きとるか」

隣の布団からお祖母さんが訊ねた。

「うん」

「……そうか。お月さん、見えるか」

「うん。お月さん、見える」

「……そうか」

ふーっ、とお祖母さんは息を吐く。

ひと呼吸おいて、更に訊ねる。

「……見えよるんは、お月さんだけか？」

「……えっ」

云われてみれば視界の端が、明るい気がする。

宮迫少年はじわり、とそちらに眼を動かす。

左へ――開けっ放しの、襖の陰へ。

そして即座にヒュウッ、と鋭く息を吸い、全身を強張らせた。

「ああ。あんたにも見えるんやな。そうか……」

少し困った風な声で、お祖母さんが云った。

彼の目に映ったのは、白無垢。

狭い、一歩出れば左側はすぐに階段という廊下の、襖の陰に。

女が立っている。

全身が見えている訳ではないのだが、それを差し引いても、その姿は異様に細い。

「――こんなに」と、肌を粟立てながら示してくれた宮迫氏の手と手の間は、十五センチくらいしかなかった。

異常な幅である。一体どのような状態なのか、俄かには想像がつかないが――。

いずれにせよ、生身の人間の細さではなかったのだろう。

その装束についても「白無垢」と断言できるからには着物だけでなく、角隠しか何かを連想させるように、頭の上までが白かったのだと推測される。


「ああ……、あ、は……」

ガタガタガタガタッ、と布団の中で震え出す宮迫少年。

するとお祖母さんは布団から右手を出し、枕元に置いてあった扇子を掴んだ。

そして横になったまま、それをビュッ――と一直線に、白無垢の女に向かって投げた。

扇子は蚊帳を揺らしもせず「貫通」し、廊下の壁にパシンッ、と当たった。

タン、タン、タン、タン、と、そのまま階段を転げ落ちて行く音。

一体、白無垢姿はいつ消えたのか。

扇子が当たった瞬間なのか当たる前だったのかは、今となっては定かではない。

とにもかくにも彼は嗚呼、これで安心なんだなと思い、すぐに眠りに落ち込んだ。

「一体、どういうことだったんでしょうね。次の日になって、あれは何だったのって訊いても、知らん知らんの一点張りで。本当に何の心当たりもなかったのか、残念ながら、今となってはわかりません」

翌朝、蚊帳を畳む際。

お祖母さんの扇子が突き抜けた部分には、穴のひとつも開いていなかったことが子供心にも大層不思議で、しきりに首をひねったという。

イヌ

友人の黒松が、小学校に上がるか上がらないかといった頃の話だという。

「正直、何歳だったかなんてもう全然、覚えてなくてさ。とにかく昔。なんなら俺の一番古い記憶って云ってもいいくらい」

当時の黒松はどこにでもいる、少しばかり勝気なタイプの男の子だった。

ふたつ歳上のお兄さんとはよく喧嘩をしたが、彼は絶対負けを認めずに、フイとその場を離れてからひとりで泣いていた。

「……わりと強情な方だったかも知れないな。どっちかって云うと兄貴より、俺の方がよく叱られてた覚えがあるよ——悪いことしてもすぐには謝らないんだから、そりゃまあ、叱られるよね」

さて、そんな小生意気な黒松にもひとつだけ、心底怖れているものがあった。

彼はそれを「イヌ」と呼んでいた。

「なんか、紙ある？」

ノートの空きページを開けて渡すと、彼はそこに鉛筆で、ワニだかオオカミだかわからない戯画的な動物の横顔を描いた。

その輪郭はあちこち角ばり、およそ子供の落書きにしか見えない。睨んでいるような目もぞろりと並んだ牙も、全部逆三角形である。

「……これが、イヌ。こいつが何かの拍子で突然、出て来る」


部屋で漫画を読んでいる時。

おもちゃ箱をいじっている時。

眠る時。

いずれも彼がひとりの時間を狙って、「イヌ」は来る。

それは視界の端に見えていた本棚の、漫画本の背表紙や、おもちゃ箱の底に転がる玩具類などに紛れて、じっとこちらを窺っている。突然、そこに居ると気づくらしい。

彼は驚き、ぐうっ、と悲鳴を呑み込む。

——その、落書きの犬の横顔は、室内の様々なもののフチやヘリにぴったりとくっつくように、ないしはフチやヘリ自体を自分の顔の輪郭として利用して、出現していた。

ごちゃごちゃと入り組んだものほど危険だった。

沢山の、物の輪郭の断片が「イヌ」の輪郭をつくるのだ。

「イヌ」は、彼が黙って様子を窺っていると少しずつ近づいてくる。

先ほどまでいた場所から突如、もっと近くの別なものの輪郭にへばりついて、こちらを睨んでくる。本棚の本から、机の上の文房具に。

彼がそしらぬ顔をしているとまた、そこから更に近い場所へと移動し、睨んでくる。

文房具から、目の前の玩具の中に。

最終的には彼の指に、がぶり、と噛みつく。

それが大変に痛い。

たまらず「うわあああん!」と泣きだし、両親の元へ駆けてゆくのだという。

一体何度噛まれたものか、最早定かではない。

彼としては十回や二十回ではないような気がしている。

あれが出ると思うと独りになるのが怖ろしく、しかしお兄さんと険悪な日は自分だけで遊ぶしかなく、というような困った毎日を送っていたそうである。

そんな、ある日。

彼は子供部屋で、いつものように出現した「イヌ」が今にも自分の手に噛みつくというところで、息を殺し、じっと怯えていた。

もう来る。

すぐにも来る。

噛まれる――。

「ううううう……」

既に泣きかけの幼い黒松が震えていると、突然がらり、と部屋の戸が開いてお父さんが顔を出した。

「……ん？　どうしたんだ」

息子の顔色に眉をひそめ、部屋に入ってくる。

くしゃっ、と彼は堰を切って泣き出した。

「……おとうさん！　イヌが！　また、イヌが！」

「またか……。なあ、前からそんなものは居ないって云ってるだろう。お前の気のせいなんだよ」

「いるよ、そこに！　そこにいる！　もう、僕、また噛まれる！」

うーん、とお父さんは腕組みをした。

そして「よし」とうなずき、「どこだ、どこにいる？」と正確な位置を訊ねた。

次の瞬間――。

「えい！」

お父さんはややおどけて、「イヌ」に向かって手刀を振り下ろした。

するとその手は空中で、今まさに移動しようとしていた「イヌ」に直撃し、〈びしッ〉と肉を打つ音がした。


「……えっ」

お父さんは仰天して、自分の手を見た。

黒松も驚いたが、落書きの犬はもう、部屋のどこにも見当たらなかった。

以来それは、二度と現れなくなった、とのこと。

おとなのふり

「あれは俺が小六の時の話だから、そうだな、三十年近くも昔になんのかなぁ……。懐かしいような寂しいような、妙な気分だよ」

山野はそう云って頭を掻き、居酒屋のメニューを見上げた。

彼は高校時代の短い期間だけ親しく遊んでいた、私のかつての友人である。久しぶりに再会して飲むことになったが、高校以前や以後のことについては、ほとんど知らない。

取材相手としてはこういった程度の、気安く話は出来るのだが知らない部分が沢山ある奴というのが、なかなか良い按配なのだ。

が。

——お前今、怪談とか書いてるんだってな。そういや俺も昔いっぺんだけそういうの見たよ、と、山野はそもそも自分から話し始めたのである。

しかしいざ口を開きかけ、頭の中で話の整理をしていると思しき様子になったところで、そのままむやむやと語尾を濁してしまった。

おやどうしたのかな、と私は訝《いぶか》り、傾けるジョッキの陰から彼の表情を観察した。

「……まあお互い、不惑だもん。小学校の頃のことなんてほとんどうろ覚えだよ、俺は。正直中学の記憶も怪しい」

「そうか。いや、俺は結構覚えてるんだけどな。こっちの小・中には、おかしな奴が沢山いたから」

お前も知ってるだろ、誰某とか、と話が変わって友人を肴《さかな》にした思い出話に移行する。

どうやら誤魔化す気らしい。

私はそれから三十分ばかり話に付き合い——お互いに笑い疲れて来た辺りでフスーッ、と大きく息を吐いた。山野は空になった煙草の箱を見詰めていた。

「んで、どうなの？　小六の時にお前、何やらかしたんだ？」

「……あぁ？」

「お前が、お化けを見た時の話だよ。……何か大きな声じゃ云えないこと、したんだろ」

「えっ……」

長年の横領がバレた時のような顔で山野はうつむき、黙って、ネクタイを更に弛める。

私は彼の手元に自分の煙草の箱を滑らせ、やがて観念した彼が話し始めるまで、じっとその指先を見詰めた。

※

――俺の親って、俺が小三の時に離婚しててさ。

高校に上がるまではずっと父子家庭だったんだよな。高一の時に親父が再婚したから、今はまぁ一応ふた親居るし、出てったお袋ともちょくちょくは会ってるんだけど。

とにかく結構長い間、俺は大工の親父とふたり暮らしだった訳。

で、アル中ってほどじゃないんだけど結構酒飲みの親父だから、晩飯なんかは行きつけの赤提灯で、ついでに済ませちゃう感じで――仕事が終わったら小学生の俺を連れて、年中飲みに行ってたんだな。

居酒屋に小学生って、今ならちょっと問題だけど、当時はそんなにウルサくなかっただろ。近所だし、俺も親父に味の薄っすい料理とか作られるより、よっぽど良かったから。赤提灯のおばちゃんも、俺のために別に晩飯こしらえててくれたりして。

そこはT町の、「B」って狭い店で。

カウンターが八席くらいに、テーブル席がひとつだったかな。

奥には一段上がって、三畳くらいの座敷もあったんだけど、そっちはほとんど使われてなくて。生活用品っていうか、その家の私物が隅の方に置いてあった。障子で店と仕切れるようにもなってたけど、普段はずっと開けっ放し。

その畳の間の、小さなちゃぶ台で、俺は晩飯食ったり、宿題広げたりしてたんだ。親父はカウンターで金目のアラとかをつまみながら、ちびちび酒を飲んでは、店の大将とずっと競艇の話やら、競輪の話やらをしてたな。

いつも大体夕方の六時くらいから居て、九時前には帰ってたと思う。でも話が弾んだり他の知り合いの客とかが来たりすると、十時、十一時になることもあった。

俺は酔っぱらい達の声がうるせぇなぁと思いながら、店の隅の上の方にあるテレビを眺めて、店に置いてある「ドカベン」とかを読んだり。そのうち眠くなって舟を漕いだりもしてたよ。そのまま俺が寝ちまったら、店のおばちゃんが毛布かけて、そっと障子を閉めてくれるのが、いつものパターン。

それでその――実は「B」って店は、俺の同級生の、女子の家でさ。

その子はマコって云うんだけど。同じクラスになったことも何度かあったし、何より年がら年中顔を合わせるもんだから、ほとんどきょうだいみたいって云うか、幼馴染みだな、いわゆる。

一緒に宿題したり、テレビ見たり。マンガを貸し合ったり。「かぼちゃワイン」も「パタリロ」も、確かあの子に借りて読んだんだ、俺。

それが小学校高学年になると、男子と女子がはっきり分かれてきて、あんまり親しく話をしてると夫婦だ何だっていじられるようになるだろ。だから学校では全然口をきかないようになったけど、「B」に行けばやっぱり「マコ」「タクちゃん」って感じで、それまでどおりに過ごしてた。

ああ――そう。六年生までは、だけど。

あれは、何であんな話になったんだろう。

多分俺の方から振ったんじゃない気がする。マコが云い出したんだ。

クラスの女子にでも聞かされたのかなぁ。ある日の夜、いつものように畳の部屋に寝転がってマンガ読んでたら、突然さ。

「……タクちゃん、裏の天神さんに幽霊が出るって、知ってる？」

とか、なんかそんな風に云う訳。

「えっ、なにそれ？」

って当然訊くよな俺は。

「裏の天神さんに、幽霊がいるんだって。御神輿を入れてある倉庫のあたり。丁度、私の部屋からそこが見えちゃうんだよ……」

あ、云い忘れてたけど居酒屋は住居兼になってて、二階にマコの部屋があったんだ。だから裏にある神社が、すぐそばで見下ろせる。

「……へえ。なに、マコはそれが怖いの？」

「怖いっていうか、イヤだよ。当たり前じゃん。自分の部屋のすぐ下だよ」

「ふーん。そんな嘘かホントかもわからないもんにビビッて、しょうもない……」

「はぁ？　だったらタクちゃんは平気？　いるかいないか見てくれる？」

――なんて。そんな話があったから、俺、「ああ確かめてやるよ」って云って、マコの後ろに続いて畳の間から出て、二階に上がって行ったんだ。

急こう配の、子供の身体でも狭い階段だった。

マコの部屋には数えるくらいしか上がったことなかったから、ちょっと緊張したよ。小学生の男子は、女子の部屋なんてそうそう入らないだろ、普通。

でも俺を部屋に迎えることについて、マコは特に嫌がる様子もなく、スタスタ窓際まで行って十センチくらいカーテンを開けた。

窓からは真っ暗な天神さんの杜が、まともに見下ろせた。

ホントにすぐ近く、まるで裏庭みたいな感じの距離感だったから、俺はちょっと驚いた。

「……あそこに常夜灯があるでしょ。あの下に出るんだって」

確かに、倉庫の壁に丸笠の付いた電球が生えてて、地面とかトタン壁とかを照らしてる。

もしあんなところに出るとしたら、そりゃマコとしては怖いだろうなと俺は思った。近すぎるんだよ、あまりにも。マコの生活スペースと。

「でもお前、今までいっぺんもそんな幽霊、見たことないんだろ？　生まれた時からずっとここに住んでるのに」

「それは、だって、夜中にカーテン開けたりしないから——出てたとしても気づかないじゃない。……ホントは毎晩、あそこに、出てたのかもしれないじゃない」

そう云って突然、くしゃっ、とマコの顔がゆがんだ。

何かと思ってびっくりしたら、あいつは泣いてた。涙はまだ出てないけど、いつ出てもおかしくないくらい、両目が真っ赤に充血してて。

「……お、お前、そんなに怖がんなよ。平気だよ。だってほら、神社って神様の場所だろ。幽霊が出るのはお墓がある、お寺の方だ。神社にはお化けはでねえんだよ、神様がぜんぶ追っ払うから」

苦し紛れにそんな風に云ってみたけど、マコは両手をグーにしてぶるぶる震えてる。もう怖がりのスイッチが入っちゃってるから、口で云ってもわからないらしい。

ええい、だったらしょうがない。今から確認しに行ってやる、って——まぁ、あん時の俺は、云うしかなかった。

思い当たるフシはあったんだ。いつも点けっぱなしの店のテレビで、たまに心霊特番なんかをやってると、俺も親父も、店のおじさんもおばちゃんも他の客も、みんなしてほえーっと見てたもんだよ。でも、そんな時マコはさっさと二階に上がってしまう。

どこかで誰かが死んじまって、今も化けて出るんだなんて話を客達がし始めても、やっぱりマコはいつの間にか居なくなってる。

偶然じゃない。あいつは結構な怖がりだったんだ、ずっと前から。

それがいきなり、自分の家の真裏に出るなんて云われたらそりゃビビる。

きょうだい同然のマコのことだから、そりゃあ俺もどうにかしてやりたい、と――

いや。待ってくれ。違うな。

マコにいいところを見せたいと思って、強がりを云ったんだな。

お化けなんて平気だって云えば、マコの俺を見る目が変わるかと思って。

――ああ、まあそうだ。その時俺はもう、色気づいてたんだよ。

無防備なマコのTシャツの胸元を、こっそり覗き込んだり。短パンから伸びる脚を盗み見たり。ぶっちゃけて云えばませたエロガキだったんだ、俺は。当時からね。

そんな下心満載で店の裏口から抜け出すと、暗闇の中をまっすぐ、神社に向かった。マコの部屋が面してるのは、神社の西側になる。俺は玉垣の間の横入口から入って、御神木の脇を通り、トタン張りの倉庫に向かった。境内にはちらほらと常夜灯が灯っていたから、自分の足元までは見えなかったけど迷うようなことはなかった。

さっき上から見た、笠の付いた電球の真下まで来ると、俺はマコの部屋を見上げた。ピンク色のカーテンの隙間に、逆光だけどあいつの姿が覗いてるのがわかって、その手はカーテンの裾をギュッと握りしめてた。

夜中の神社がまるで怖くなかったかと云えば、まぁ、そんなことはないな。

そん時は俺だって小学生だ、暗闇も幽霊も怖い。

マコの耳に入った噂話の真偽も知れない。

万が一本当だったら、と思うと膝が固くなった。腕が上がらない。首も回らない。

今更のようにだけど、全身が緊張し始めたんだ。

ちくしょう、何も出るなよ、ここは神様の場所なんだからお化けの来るところじゃねえぞ、って必死に思いながら、俺は電球の下で硬直してた。

T町はそれなりに人もいて、店もある町なのに、その夜はどういう訳か全然音が聞こえなかった。水の中にいるみたいにシーンとしてて、俺は良い恰好がしたい一心で力みながら、自分の身体の中の音だけを聞いてた。

――それで、どんくらい経ったのかはわかんねえけど。

あと何分ぐらいここにいれば、マコにビビったと思われずに済むかなって、俺が胸算用してたら――いきなりガラッ、と窓の開く音がして。

「……タクちゃん！　タクちゃぁぁん！」

ってマコが叫んだんだ。

俺は思わずビクッとしながら、そっちを見上げた。大声なんか出すと大人に叱られるんじゃないかって、そっちにビビッた。

マコは数秒身を乗り出してから、何か耐えきれなくなった様子でバシッ、と窓を閉めた。

「な、なんだよ……」

俺は混乱して、どうしたらいいのかわからなくなり、ふっと視線を落とした。

そしたら——。

電球に照らされた、土がむき出しの地面の上で。

物凄い勢いで動き回ってるものがある。

「げっ」

それは、俺の影だ。

その場に真っ直ぐ立ってる筈の俺の影が、狂ったみたいに両腕をブンブン振り回して、地面の上で暴れてるんだ。

もう、びっくりしたなんてもんじゃない。全身の血が反対に流れ出したみたいだった。

「げええええっ……！」

潰れた蛙みたいな声が勝手に漏れて、俺は猛然とダッシュした。

死ぬような思いで「B」の裏口に戻るとドタタタタッと階段を駆け上がり、バン、とマコの部屋の戸を開けた。マコは自分の学習机の陰にうずくまって震えてた。

「もうやだ怖い、怖い……」

もたれてる机の上のものをカタカタ鳴らしながら、あいつは泣いてた。

俺はのしのしそっちに近づいて、あいつの肩を掴んだ。

正直俺は、恐怖とか色んなものが混ざった、異様なテンションになってたと思う。訳がわからなくなってたんだ。これは全部夢か、あるいはもうじき世界が終わるか、なんかそんな風なおかしな感覚に突き動かされてた。

「……大丈夫だ。大人のフリをするんだ、マコ」

「……えっ？」

「幽霊なんて怖くないってフリをするんだ。そしたら、アレは近寄って来ない。大人だったらあんなもの、怖くもなんともないだろ？」

「……？」

「平気だ、あんなの。大人になったら。大人にさえなったら」

俺は自分のぶるぶる震えてる手を背中の方に回して、そのまま、あいつにチュウをした。

マコは抵抗しなかったし――何分かすると、自分から俺にしがみついて来た。

それで俺達は抱き合ったまま、ずっと唇をくっつけて、部屋に転がってたんだ。

まるで、壊れたおもちゃみたいに震えながら――。

※

「――それからは顔を合わせるたびに、どちらからともなく抱き合ってチュウしてた。必ずお互いにしがみつくのがセットになってて、軽いキスとか、そんなのは一度もなかった。おかしな話だとは思うけど、俺もあいつも必死だったんだよ。……ホントに、必死なチュウだった」

勿論、大人の目を盗んでのことだと山野は云う。

〈お化けを見た〉その時点で、誰か大人達に泣きついていれば、そんなことにはならなかっただろう。パニックになっていた幼い彼らは、それをふたりの間だけで解決しようとして、結果、秘密の儀式を作ってしまった。

恐怖を忘れるための儀式を。

「まあ実際のところ効果もあったのか、一週間二週間と経つうちに、俺の方は怖いって思いが段々と薄れていって。習慣と云うか、それが出来るからするって感じで、マコにしがみつくようになったんだけど。向こうはやっぱり毎回、ずっと震えてたな。

「きっと本当に怖かったんだろうな……」

そんなふたりの関係は、神社の夜から二か月ほど経った頃に突然、終わりを告げた。閉められた障子の中、店の奥の三畳間でこっそり抱き合っているところを、彼女の母親に見られたのだ。

このところマコが自分から障子を閉めるようになっていたのを、おばさんはいささか怪しんでいたのかも知れない。

山野はすぐさま自分の父親に引き起こされ、一発ビンタを食らった。

マコは青白い顔のまま口元を押さえて、ダダダダッ、と二階に上がって行った。

大人達はみな呆れ顔で、どう叱ればいいのかわからない様子だったという。

以後、彼らが「B」店内で、ふたりきりになることはなかった。

やがて中学に上がり、彼らはまったくの疎遠となった。校内でお互いの顔は見かけるのだが、まるで口をきかず、視線も合わせようとはしない。

山野の中には「あの夜、騙してキスをした」「怖がってるところにつけ込んだ」という罪悪感が生まれており、まともにマコの顔が見られない。

彼女の方もまた幼かった自分を悔いているのか、山野には一切近づこうとせず、無表情に視線を逸らし、避けている様子だった。

そのまま一年、二年、三年と月日が経ち——。

卒業をあと少しに控えた二月の、ある日。放課後。

階段の踊り場で友人を待っている様子のマコと、山野はすれ違った。

何かの運命であろうか。その時、ふたりの上にも下にも、人は居なかった。

一瞬視線が合い、立ち止まり。

山野はすっかり大人びてしまったマコの瞳を見た。

マコも驚くほど背の伸びた山野に少し目を丸くし、僅かに唇を開けた。

次の瞬間、ふたりは何故か何のためらいもなく抱き合い、短いチュウをした。

——たった二秒か、三秒かの出来事だったという。

お互いの背中に回したどちらの手も、もう震えてはいなかった。

すぐに身体を離し、ふたりともややポカンとした顔で見詰め合う。

「……あっ、ごめん」

「……ううん」

それが、幼いふたりの最後の会話である。

回り道

大学生、錦戸さんの話である。

彼女は昨年から親元を離れて、ワンルームのマンションで独り暮らしを始めた。

週に平日四回、近くのスーパーでレジ打ちのバイトをしているという。

「夜の七時から、十一時までのシフトなんです。金曜も入ってるのがつらいんですけど、私の部屋から見えるくらい近所の店だから――まぁ、仕方ないかなって」

心配性の親御さんにアルバイト先の条件をつけられているので、どこでも良いという訳にはいかない。酒を出す店は駄目、車や原付を使う仕事も駄目。つまりは高校生でも勤まるような仕事でなければ許可が下りない。

「本当は夜遅くなるのもいけなくて、十一時は完全にアウト。……でもそんなこと云ってたら、碌に働けないじゃないですか」

勤務は土日の昼間だよ、と嘘を云って勤めているらしい。

――そんな彼女の最近の悩みが、他ならぬバイト帰りの夜道。

このところ立て続けに、少々気味の悪い目に遭っているという。

〈蛍の光〉が流れてスーパーの出入り口が閉まり、社員達は後片付けを始める。

パート・アルバイトの女性らはひと足先に終業し、おつかれさまー、とそれぞれ店を後にする。

裏口を出て、夜道を歩き始める錦戸さん。

スーパーとマンションの間に店らしい店はなく、精々自動販売機が街灯代わりに路地を照らしているくらいの、静まり返った帰路だ。

急げば徒歩五分とかからない。

彼女はマンションに帰り着くまでに、都合三回、曲がり角を曲がる。

――潰れて久しく見える、錆びついたシャッターの酒屋の角を、左へ。

――そのまましばらく進んで、お寺の白い塀の横を通り過ぎ、今度は右へ。

――最後に、二台並んだ自動販売機が目印の角を右に曲がると、そこがマンション。

なのだが。

皓々と眩しい蛍光灯の光に目を細めつつ、自動販売機の角を曲がって進んだ先に、白い塀が長々と伸びている時がある。

ついさっき通り過ぎた筈の、お寺の塀である。

……あれっ、と思い振り返るが、背後の建物の向こうには照明を落としたスーパーの看板が覗いている。首をひねりながら錦戸さんは足早に進み、右へ曲がって、また遠くに光る自動販売機を見る。

今しがた、眩しいなぁと思いながらあの角を曲がった筈なのに、勘違いだろうか。

これが三つ目の角、と意識しながらもう一度曲がれば、今度はきちんとマンションが現れる。


数日後、考え事をしながらとぼとぼ歩いていたりすると、また、お寺の横に出る。

それを薄っすらとしか認識せず、なかなか着かないなぁなどと胡乱《うろん》な考えで歩いていれば、二度も三度もお寺の横を通っている。

ハッと気づいた時には流石に寒気がして、駆け足で帰る。

起こっている異常に気付きさえすれば、あとは帰宅できる。

「今でも続いてるんですけど、これ、何となく危ない気がするんですよね」

そう錦戸さんは云って、伏し目がちに、こちらの顔色を窺った。

何やら不気味な事態に巻き込まれかけている気がするだけでなく、彼女自身が自分の反応、感情に、違和感を覚えているという。

「つまり――正直な話したら、さほど怖いと思ってないんですよ。こんなのおかしいよ、普通じゃないよって強く思わないと、そう感じないというか」

状況に慣れ始めている。

それが、自分でも気味が悪い。

「……だって、よくよく考えたらそんな異常に慣れるってこと自体が異常だし。この間はどうしてだか、二十分ぐらい延々と歩いてたんですけど、下手したらそのまま一時間も二時間も歩き続ける可能性だってあった訳じゃないですか。それって、物凄くヤバいことじゃないですか？」

ヤバいどころではない。彼女は一体、どこを歩いていると云うのだ。

今すぐその時間帯のアルバイトを辞めるよう、私は強く進言した。

出会いと別れ

主婦の春日さんが、フリーターだった頃の話である。

「もう十年くらい前になるのかな……。私、N町のアパートに住んでたんですけど」

学生街で、夜になってもちらほらと歩く若者の姿が見られる町だ。

居酒屋や深夜営業のカフェも多い。

「私はそこの、真夜中までやってるカフェで働いてました。というか、当時そこのオーナーと付き合ってたんですね」

年は十歳近く離れていたが、大人の男性という雰囲気が良かった。

休みの日には春日さんを小さな輸入車に乗せて、ドライブに連れて行ってくれた。

「若い時ってなんかそういう、ドラマくさいのに憧れるじゃないですか。あんまり見ない銘柄の煙草吸ってたり、部屋に古いレコードが飾ってあったり——」

相手の男性そのものではなく、彼が演出する空気に惹かれていたのだろう、と、彼女は云う。今思えば、三十過ぎにしては中身が薄いというか、どこかで見たものの真似ばかりしているような男だった、とのこと。

女性と云うのは怖ろしい。

辛辣すぎて言葉もない。

※

——ある冬の日のことである。

彼女の働くカフェで、小さなパーティーが行われることになった。

その夜ひと晩は貸し切りで、主催はオーナーの知り合い。若くしてどこかの会社役員とのこと。店は満席になりそうな雰囲気である。

いつも通りの何気ない表情で準備を進めるオーナーだったが、花を運び入れたり、料理人のヘルプを頼んだりと気合が入っている。

ダサいと思われないように内心慌てているのが、付き合って二年になる春日さんにはわかった。

「……ケイコ、ちょっとスーパーで牛乳買ってきてくれるかな。三本ぐらい」

「あ、うん」

開店まであと一時間。

スーパーは一本向こうの通りにあり、歩いて行ける。

彼女はエプロンを解くと財布片手に店を出た。

時刻は午後七時で、既に陽は落ちていた。

買い物袋を提げ、歩き煙草で店に戻る春日さん。

と、入り口の前の道にハザードを焚いたセダンが見えた。

どうやら主催の男性が、様子を見に来ているらしい。

軽く髪を撫でつけ、フッ、と煙を吐いて煙草を携帯灰皿に入れようとした、その時

――。

パッ、パッ、と黄色く点滅するハザードに照らされながら、座り込んでいる人影。

セダンの後ろで小さくなっている。隠れているようにも見える。

「……なに？」

不審に思いながら春日さんは近づいた。

――それは、女の子だった。

「え、そこで何してるの？　危ないよ」

五歳か、六歳か。地味な服装だが黄色い光のため、色は定かでない。

こんなところで座っていて、急に車がバックしたらどうするのか。

親はどこか。

「……お嬢ちゃん、聞こえる？　どこか具合悪いの？」

隣にしゃがみ込み、顔を覗く。

女の子の肩はまるで痛みに耐えるように、小刻みに震えている。

髪は湿り、頬には脂汗。

大変だ、と思った。

春日さんは大慌てでカフェに飛び込み、主催の男性と談笑していたオーナーを呼んだ。

怪訝そうな彼の袖を掴み、しどろもどろで説明する。

「――子供？　何、怪我してるのか？」

「わからないけど、救急車呼んだ方がいいかも！　とにかく来て！」

買い物袋を置き、タッ、と再び店の前に駆け出した。

だが、そこに女の子の姿はなかった。

隠れてしまったのだろうかと周囲を見回すが、見晴らしの良い路地なのでそんな場所はない。店と、隣の建物との隙間も詰まっている。

「うそ、一体どこに――」

再びセダンの後ろを覗き込んだ春日さんは、ハッとして息を呑んだ。

女の子がいた筈の場所に、小さな毛皮の塊が転がっていた。

錆柄の仔猫だった。

※

「……そのあと、どうなったと思います？」

先を聞くのは気が重かったが、聞かない訳にはいかない。

「後から出てきた彼氏がね、私の腕を思いっきり掴んだんです」

仔猫を見下ろした主催の男性は、ああ気が付かなかったなぁ、と困った様子で呟いた。自分の車が猫を撥ねていたことに、である。

それを聞いた途端、彼氏は春日さんの腕を強く引き、後ろに追いやった。

——大丈夫ですよ、こっちで処理しますから。

「で、ジロッ、と私を見て。小さい声で〈どこかにやっといてくれ〉って……」

百年の恋も冷める瞬間というのが、まさにこれであった。

春日さんは絶句した。


彼女を取材する私の膝の上で、先程からごるるるる、ごるるるる、と喉を鳴らしている猫。茶色と黒が複雑に入り混じった鼈甲、すなわち錆柄の雌猫である。

よもやと思い、私は目を丸くする——。

「ふふっ……。あの後すぐ、〈どこか〉に——つまり動物病院に連れてったんです。人手が足りなくなった彼氏からはじゃんじゃん電話が来てましたけど。ガン無視しましたよ、当然」

ねー、アイツとんでもないカス野郎だったねー、と物騒な甘え声を掛けながら、春日さんは錆猫の頭を撫でた。

猫は嬉しそうにその手を舐めた。

朝靄

飲食店経営、大谷氏の話。

今年の春先の話だという。

「俺、結構ぱかぱか煙草吸う方だからさ。店にも家にもカートン買いしたやつが置いてあるんだけど」

ある日の就寝前、最後に一服つけようと箱を振ると、中身がない。

いつもカートンを仕舞ってある台所の棚に取りに行ってみると、そこにもない。

切らしてしまったらしい。

「そんなことめったにないんだけどね。……うへぇ、もうシャワーも浴び終わって寝る態勢なのに、しょうがねえなぁと思って」

サンダルをつっかけ、家を出た。

朝の五時である。

外は既に陽が昇りかけ、青味がかった薄明に満たされている。

大谷氏は奥まった市街地の路地をぺったんぺったんと歩いた。

近所のコンビニまでは徒歩五分ほど。自転車なら半分以下の時間で着くが、それは以前巡回中の警察官に飲酒運転を咎められた際、怒りにまかせて捨ててしまっていた。

梅の季節だったがまだ肌寒い。スウェットの袖を伸ばし、腕を何度か擦った。

車も通れないような狭い路地から、市道へと続く神社の脇の道へ、大谷氏は入る。色濃く茂る鎮守の杜の木々が頭上を覆い、他の道よりも僅かに湿度が高い。うっすらと朝靄まで掛かっている。

ふわーあと大きく欠伸をしながら、彼はぺったんぺったんと玉垣に沿って歩いてゆく。

——と、前方に、小さなうずくまる影。

子供のようである。

道の真ん中に陣取り、こちらに背中を向けてごそごそと何かをやっている。

「……んん？」

ずいぶん早起きな子だ。普通この時間に見るのは老人か、徹夜明けの学生くらい。

一体何をしているんだろうなと、大谷氏はその子を覗き込むつもりで進んで行った。

すると、あと数歩というところまで近づいた途端、その子供はパッと立ち上がって
タタタタタタタッ、と向こうに走って行ってしまった。

「おおッ……、なんだぁ？　びっくりするじゃねえか」

いささか気を抜かれて、大谷氏は呟き、首を傾げた。


その後、大谷氏は煙草を買い、ついでにスポーツ新聞も買ってコンビニを出た。

さっそく封を切り、一本火をつけた。

ふうーッ、と煙を吐いたその先の、コンビニの駐車場に――うずくまる影。

さっきの子供である。

小学校低学年くらいの、男の子。青っぽいTシャツに半ズボン。やはりこちらに背中を向け、地面に何かをしている。

「……ああ？　何やってんだ？」

声を掛け、大谷氏が近づく。

するとまた、パッと立ち上がってタタタタタタタッ。

おかしな子供だなと思う。その子がさかんに手を動かしていた地面には、特に目ぼしいものもなく、単に思わせぶりな仕草をとっていただけのように感じられる。益々奇異である。


帰りは神社の脇でなく、工場裏の路地を通って帰ることにした。

そこでもまた、子供はしゃがみ、大谷氏の足音が近くに迫ると走って逃げた。

一体あのガキは何のつもりなのかと、彼が若干の苛立ちを覚えながら、早足で帰宅したところ。

とうとう男の子は家の玄関の少し手前に、先回りしてしゃがんでいた。

大谷氏は自分の目を疑った。

「えっ。お前、俺の家で何を――」

と云いかけたその眼前で、子供はパッと立ち上がり、玄関のドアを霞のように突き抜けてタタタタタタタッと、家の中に飛び込んで行った。

――と同時に、ぴったり施錠されたままの玄関の奥から、家電の鳴る音が聞こえてきた。

「電話は、実家のお袋からでね。四十過ぎて独り身なんてどういうつもりだ、早く所帯を持てとか、なんかそういう話だった。……いや、うん。俺も絶対、誰かに何かあったんだと思ったから、こんな時間にこんなタイミングでくだらねえ電話してくんじゃねえ、って怒鳴ったんだけど……」

母親曰く。

あんたが小さい男の子と追っかけっこか何かして遊んでる夢を見て、ああこれは孫だ、きっと未来の場面なんだと思ったから、早く結婚させなきゃと思ったんだよ、とのこと。

大谷氏は唸り、返答に窮したという。

悪い癖

東さんの知り合いの、ある女性の話だという。

「二十代後半か、三十歳くらいかなぁ。そんなに親しくはないんだけど、ご近所だから顔をあわせれば話はするし。この間も買い物の途中に偶然会って、少し立ち話をしたのね」

ここでは彼女の名前を仮に、紺野さんとする。

「その人には幼稚園生くらいの、男の子がひとりいて。あんまり喋らないけど、目がおっきくて可愛い子で」

大抵一緒に連れているのだが、その日は家に置いてきているらしく、姿が見えなかった。

今日は、お子さんは？　と東さんが訊くと——紺野さんは何やら一瞬目を伏せて、困ったような顔をした。

「あれっ、訊いちゃマズかったかな、と思ったんだけど」

彼女は少し考えてから顔を上げ、実は、と話し始めた。

数週間前、紺野さん宅の庭でバーベキューをしたのだという。

ご主人が職場の同僚などを誘ったので、参加者は十名ほどになった。

いわゆるガテン系の、日に焼けた男ばかりである。

集まった彼らは皆、肉を焼くのに夢中でそれ以外のことにあまり気が回らない。女手は少なく、紺野さんは野菜を盛ったり、飲み物を出したりするのにてんてこ舞いになる。

タオルを首に巻き、ふうふうと汗を流し続けていては、当然息子さんにまで目が届かなかった。

……大丈夫かな、大人ばかり集まって怖がっていないかな、と彼女も気にはなっていたのだが。ふと縁側の方を見ると、誰かが息子さんの隣に座って面倒を見てくれている。

息子さんは時折脇腹をつつかれたりして、けらけら笑っている。

退屈した様子や、疲れている雰囲気もない。紺野さんは安心した。

汗を拭き、また台所と庭の往復を再開する。

——それから一時間ばかりが過ぎ、男達の騒ぎもようやくひと段落した頃。

彼女もひと息つこうと、ビールを持って縁側に向かった。

息子さんはそこにひとりで座り、ニコニコ顔で紺野さんを見上げていた。

「……お肉は食べたの？　ちょっと、上で休む？」

彼女が訊くと、息子さんは首を振った。

「ぼく、もうちょっと食べる」

そう云ってひょい、と持っていた何かを口に放り込んだ。

それは七、八センチはあろうかという、真緑のバッタだった。

——ぎゃあッ！　と紺野さんは思わず悲鳴を上げ、それを聞いた男達も一斉に、ハッと息を呑んだ。

「……息子さんによると、虫も食べられる、って教えられたらしいのね。それを云ったのは、ずっと縁側でその子の面倒を見てくれてた人らしいんだけど」

紺野さんは即座に顔色を変え、庭に集まった一同を見渡した。悪戯にしては度を過ぎている。

ご主人も、誰がそんなことを云ったんだと、顔を真っ赤にして怒鳴った。

が——。

「見当たらないんですって。さっき彼女が見た、隣に座ってた男の人が、どこにも」

紺野さんからすれば、その日初めて会ったという人がほとんどである。

だが、考えてみればそもそもあの男だけは、ご主人よりもひと回りは上に見えた。

「でも来てるのはみんな、同じくらいの歳か、下ばっかりだったらしくて」

やがてある同僚のひとりが、「まさかそれ、ヘイさんじゃないか」と呟いた。

一瞬の間を置き、ご主人が物凄い顔でその同僚を睨みつけた。

バーベキューは気まずい雰囲気のまま開きとなった。

後からご主人に訊ねたところ、「ヘイさん」というのはどうやら昔の同僚であったようだ。が、随分前に酒で身体を悪くして働けなくなり、既に退社している人物だという。

今はどこでどうしているのかもわからない。

同僚の中には、死んだのではないか、などとウワサする者もいる。

そして彼は仕事の合間に、草むらでバッタを見つけてはパクリと口に運ぶ、厭な癖があった。

「……ご主人とその『ヘイさん』が、一体どんな関係だったのかはわからないけど。それ以来息子さん、バッタを捕まえたら食べようとするらしくて」

外に出すのが怖ろしい。

どうしたらいいのかわからない――。

紺野さんはそう云って、青い顔で口を押さえたそうである。

ホタル

横山さんのお宅には、少し不思議な鏡がある。

「今年大学生になった娘が、まだ小学生の頃に、同級生から貰った物のようです」

それは約十五センチ四方程度の、小ぶりな壁掛け鏡。

少々細工の粗い、木製の、ツタが絡みついたような造作の額縁がついている。

「どこか外国の、民芸品みたいで。ハワイだったかグアムだったか、その辺りだと聞いたような……」

どうやら当時、海外旅行のお土産として渡されたようだが、娘さんとしてはさほど気に入っている様子もなく、部屋の隅に適当に引っ掛けたまま放置していた。

なので今年の春、県外のマンションに引っ越して行った際、それは当然置いて行かれた。

「……で、あの娘の部屋は現在も、そのままの状態なんですけど」

誰も入らず閉め切っておくと、湿気がこもってしまう。

横山さんは週に何度かは部屋に入り、窓を開けておくことにした。
そして夕方、窓を閉めようと部屋を横切る際——その、民芸品の鏡の前を通ると。

——ちらちら。

ちらちらちら。

緑色の小さな光が、鏡の中で舞っている。

薄暗くなった室内が映り込んでいるだけの鏡面に、まるで丁度ホタルのように明滅する、胡麻粒くらいの光が見える。

毎回ではないという。大体、月に一度くらい。

「最初は何か、埃とかが反射してるだけなのかなと思いましたけど。でも考えれば考えるほど、そんな緑に光る埃なんて、ある訳ないので」

段々、気味が悪くなってきた。

横山さんは先日、娘さんとの電話で、何気ない風を装いながらその鏡のことを訊ねてみたという。

あれって誰から貰ったんだっけ、と。

「そしたら〈四年前に亡くなった、Kちゃんだよ〉って。……確かに事故で亡くなった同級生がいたとは聞いてましたけど、その子だったみたいなんですよ」

その後娘さんは曖昧に言葉を濁し、話題を変えてしまった。

まるで、その鏡の話はしたくない、というような雰囲気だったらしい。

ひょっとすると娘さんも鏡の中の光を知っており、しかし捨てるに捨てられないまま、置いて行ったのかも知れない。

――置いて行かれたこちらとしては、たまったものではない、と困り顔の横山さん。

駐車

「お化けや幽霊の話じゃないんですけど……」

通信関連の会社に勤める浅田くんが、専門学校生だった頃の話という。

「僕が家を出たのは就職してからなんで、その時はまだ、実家に住んでたんですね」

彼の通っていた電気関係の専門学校は、家からの距離も授業時間帯も高校の頃とあまり変わらなかったので、彼としてはただ学生服を着なくなったという程度の差しか感じていなかった。

「朝もそれまで通り、普通に親に起こしてもらって飯食って、自転車で通学するって感じだったんですよ」


——が、その朝。

何かふと焦りのようなものを感じて、浅田くんはパチリと目を覚ました。

自分の部屋のベッドの上。カーテンの外はもう明るい。

時計を見ると、もう午前八時過ぎである。

「うわっ……」

思わず飛び起きた。遅刻してしまう。

どたばたと服を着替え、カバンを持って部屋から飛び出す。

何故、今日は起こしてもらえなかったのか。寝起きの悪い方ではないから、声を掛けられればいつものように目覚めていた筈だ。

「……まったくもう、頼むよ！」

この年齢でもまだ、目覚ましを掛ける習慣がなかった自分のことは棚に上げ、彼は悪態をつきながら居間へ駆け込んだ。

菓子パンでも咥えて走り出そうと思った、のだが――どういう訳かそこには、あるべき父と母の姿がない。彼の実家は自営業で、両親が店に出るのは九時を過ぎてからである。

「……？」

首を傾げながら、ともかく浅田くんは朝食を諦め、廊下を走って玄関から飛び出した。

すると家の外には近所の人が十数人、彼の家を取り囲むようにして群がっていた。

ブロック塀の内側、敷地内である。

浅田くんは当然ぎょっとして立ち止まった。

「……な、何？　どうしたの？」

「あっ、ヒロちゃん！　お父さんとお母さん、あそこにいるから！」

近所のおばさんが手招きして、彼を呼ぶ。

――どうやら両親は裏庭の方らしい。

困惑した表情の人々に道を開けてもらいながら、おそるおそるそちらを覗いて、彼は絶句した。

そこには一台のダンプカーが停まっていた。

呆然と立ち尽くす両親の目の前。

幅六メートル、奥行き二メートルほどの裏庭の、物干し台や植木の隙間にぴったりと収まるようにして、白いダンプが停まっている。

なにこれ、誰の――と呟きかけた浅田くんだが、すぐにそれ以前の問題に突き当たる。

――この車、どうやって入ったんだ。

フロントが前を向いているのでバックで進入したのだろうが、その前にある物干し台が動かされた形跡はないし、花壇も踏み荒らされていない。

轍《わだち》の跡がどこにもない。

「……どういうこと？」

青い顔で振り返った両親からは、やはり、返事はなかった。


「でまぁ、結局警察を呼んで、どけてもらったんですけど」

ダンプカーの所有者は隣町の建設業者で、その前日に盗難届が出ていた。

ダンプはどこか山の方の倉庫から、忽然と消えたものらしい。

「悪戯にしては手が込んでるというか、そもそも家族の誰も、ダンプがバックする音なんて聞いてませんし……」

誰がやったのかも、理由も何もわからない。

とにかくあれは物凄く、気味が悪かったですね、と浅田くん。

紐

某ハウスメーカーの営業職、日野くんの話。

「僕、子供のころ柔道をやってたんです。高校受験の前にやめてしまいましたけど、一応県大会にも出たりしてて」

中学生の時には何度かトロフィーをもらったこともあるらしい。

「身体はわりと大きい方だったんで、真剣にやってる間はそれなりに勝ててましたね」

そんな彼がまだ、小学六年生の時のことである。


当時小学校で、〈絞め落とし〉という遊びが少しだけ流行った。

「ふーッと息を全部吐いた状態で後ろから胸を絞められると、気が遠くなるんですよ。頭がふわっと軽くなって——こう、電球が弱まったみたいに暗くなってね」

柔道の先輩に教えてもらったと云うが、これは紛れもなく、一般に〈失神ゲーム〉などと呼ばれているものだ。

非常に危険な行為である。倒れた拍子に重傷を負ったり、酸素不足に陥った脳に深刻な障害を残したり、といった事例は数多い。これによる死亡事故も少なからず起こっており、一歩間違えば遊びでは済まない。

「それを僕、友達何人かに、絞めるタイミングとかを教えて……」

面白半分で〈落とし〉たり、〈落とされ〉たりしていたのだという。

「もちろん毎日ではなかったですけど、時々。週に何回か。……危ないことだったんだなと気づいたのは大人になってからで。今思うとホント、子供って怖いですよね」

ある日の昼休み。日野くんは友人ふたりと体育館で、その〈絞め落とし〉をやった。

先生に見つかれば叱られるのは漠然と察していたので、ステージ脇の陰などで、こっそりやるのが常だった。

よし、やるぞ、と日野くんは云った。

失神する瞬間の、文字通り気が遠くなる感覚を思うとワクワクしていた。

それは友達らも同様で、口数は少なく、高揚している雰囲気があった。柔道の強い日野くんが率先しているというのも大きかった筈である。無根拠な安心感に裏打ちされていた可能性が高い。

日野くんは、身体の力を抜いて手足を少しぶらぶらさせた後、ふーッ……と長く長く息を吐く。肺を絞りつくす。

今だ、と思った瞬間に手筈通り、友達の腕が背後から、彼の上体を絞め上げた。

視界にぶわっ——と闇が広がり、頭の中へ墨汁が流れ込んだように、暗転する。

そこまでは、いつも通りの流れだった。

だが、その日は。

※

——突然目の前に、ぱらぱらぱら、ぱらり、と一本の紐が落ちてきた。

どこか上方で丸めてあったものが、ほどけて垂れたような印象だった。

色は白。太さは、彼の親指ほど。

周囲は暗い。闇である。

目の前の紐だけしか見えない。

日野くんがぼんやりとした意識のまま、それを掴んで引くと、意外にしっかりピンと張られた感触があった。どうしようかな、と彼は暗闇の中で数十秒、思案した。

するとふいに、上方から、カサカサと布の擦れる音が聞こえ始めた。

見上げれば何か白っぽい服を着た姿が、紐を伝って降りて来ている。まだ頭上、十メートルほども上だろうか。その降下速度はかなりのものである。

なんとなしにではあるが、人間ばなれして見える。

服を着た、巨大な昆虫のような印象を受ける。

——彼が覚えているのはただそんな、唐突な、夢のような一場面。

※

〈……キイィィン……〉

と一瞬だけ耳鳴りがして止み、「日野！　なあ、日野！」と友達の呼び声がした。

目を覚ました。

ほとんど泣いているような表所の友達に、全身を揺さぶられていた。

彼が怪訝な顔をすると、彼を抱えていた友達は「大丈夫だな、もう大丈夫だよな」と慌ただしく云ってから、素早く離れた。何故かその顔には血の気がなかった。

周りを見れば、壁の物陰からチラチラとこちらの様子を窺う、他の生徒達と目が合った。こんなステージの陰で何をしてるんだと、訝る表情である。

「……何かヘンだな。オレ、ちゃんと落ちてた？」

そう訊ねると、友達らは黙って首を横に振った。

日野くんが絞められた、直後。

普通ならそのままガクン、と全身の力が抜けて倒れ込む筈の彼が――倒れなかったのだという。

この遊びの危険のひとつは、失神状態に陥った際、手をつくことも出来ずに無防備に転倒して、頭や顔面を固い地面に打ちつけることである。なので必ず、複数人で身体を支えるようにしていたらしい。

が確かに〈落ちた〉筈の日野くんは、その時、その場で直立していた。

失敗したのだろうか、と友達が思う間もなく。彼は白目を剥き、少し上を見上げて、低い声で何かを呟き始めた。

〈うおうおうおうお……のうおうのうおうお……ぬおうおうおうお〉

――念仏のようであったという。

日野、おい日野、と友人たちが声をかけても反応がない。

普段の彼とはまるで異なる、老人のようなごろごろした声で日野くんは唸り続けた。

気味悪さを覚えた友人らが距離をおくと、今度は突然、彼らの周囲に生木を燻《いぶ》したような、青臭い刺激臭がツンと漂い始めた。

「……で、云われてみると確かに、そんな臭いがしてたんです。体育館内の、僕らの周りだけに」

その時、同じく館内で遊んでいた他の生徒らも不審に思い、代わるがわるステージの方を見に来たりもした。

気まずくなり、彼はそそくさとその場から逃げ出した。

「落ちてる時って基本、完全に時間が飛ぶものですから。あんな風に夢みたいなのを見たのは初めてでしたね」

以来、この遊びはなんとなくやらなくなった。

ハッキリ何故とは云えないが、「誰かが、自分達の遊びを待ちかまえている」のではないかというイメージが、頭に湧いたからだという。

職質

オートバイ店勤務の永石が、肝試しに行った時の話である。

「もう七、八年は前になると思います。夏場、夜中に後輩達とダベってたんですけど
――ちょっと暇だったもんで、ドライブがてらに行ってみるかって話になって」

都合、四人で向かうことになった。

車は永石の運転するワゴン。

助手席に、元々は店のお客さんだったというひとつ年下の友人、駒田くん。

後部座席には後輩がふたり。彼らは永石と同じ高校出身だったが、どちらも五つ下で、当時まだ二十歳そこそこだった。

「駒田くんは普通なんですけど、後輩達はちょっとグレ気味の奴らで。髪の毛とかも金髪だし、まぁ、基本的にはバカ」

四人は、とある山のドライブイン跡を目指した。

――そこは以前、別の本で何度か書かせてもらったこともあるのだが、地元では名

前の知れたスポットである。現在はもう取り壊されて、更地になっているらしい。

「あそこは本当に峠の上なんで、夜中に走るのには丁度いいんですよね。バイクでは何度か行ったこともあって。だから何つーか、正直……、油断してたんだと思います」

横長の、平べったい廃墟。

雑草の生い茂る駐車場に車を停め、永石らはドライブインの中をひと通り探索した。駒田くんが少し怯えていたくらいで、そこでは特に、これといった異常は起きなかったという。

事件は、帰り道で発生した。


永石らが山を下りていると、パッパッパッ、と車の後ろで赤い光がまたたく。

ミラーを見れば、赤色回転灯。チッ——と彼は舌打ちした。

パトカーだ。

永石もその後輩達も、バイクが趣味だからという訳ではないのだろうが、警察が嫌いである。スピード違反や整備不良で、ごっそりと罰金を取られた覚えは一度二度ではない。

〈……前の車、停まって下さい。はいそこで停まって〉

後ろからスピーカーが告げる。

こっちは何もしていないのに気分が悪いと思ったが、無視する訳にもいかず、永石は山道の脇にある待避所で車を停めた。

「めんどくせえな、ポリが」

「ったく暇だなぁアイツらも……」

後輩達がブツクサ呟く。

真後ろに停車したパトカーから、警察官がひとり降りてきた。

そして永石が座る運転席側の窓をノックした。

「……運転手さん、ちょっと窓下ろして。お話聞かせて下さい」

「クーラーかけてるんだよね。窓開けたら暑いんだけど」

「うん、それはわかるけどね。ちょっと開けてもらわないと話できないでしょ」

「話はできるでしょうよ。免許証見せればいい？」

「まあまあそう云わないで、ね。はい、開けてよ」

それ以上反抗すると面倒になるのもわかっている。

永石は渋々窓を下ろし、中年の、黒縁眼鏡の警察官と向き合った。

大きく、これ見よがしにため息をつく。

「はい、ごめんね。皆さんどこ行ってたの、こんな時間に」

警官がそう云った瞬間、助手席のドアがバン、と開いた。

横を見ると、真っ暗な夜の山の中に、駒田くんが駆け込んで行くのが見えた。

「……えっ？」

「あっ！」

声を上げ、警察官は慌ててその後を追う。

もうひとり、パトカーの中からもこちらへ走り出して来る。

「ど、どうしたんスか、駒田さん」

「ヤバくないですか？」

後部座席で、後輩達も動揺する。

既に追って行った警官と駒田くんの姿は、夜の闇に溶けてまったく見えない。

後から来た警官が、無線に何かを喚きながら永石達のところまで駆け付けた。

顔は紅潮し、眉が吊り上っていた。

「おい君達、動くなよ！　エンジンを切りなさい！」

「え、ええッ？」

「エンジンだよ、エンジン！　早く切れ！」

警官は、自分の腰の得物に右手を置いていた。

それを見て永石は、慌ててキーを抜いた。


「——駒田くんはそのあと、すぐに捕まって引っ張られて来ました。腕を掴まれてましたけど、手錠とかはされてなかったですよ」

真っ青な顔の駒田くんは、すぐにパトカーに乗せられた。

応援のパトカーもやって来て、永石らは近くの交番へ任意同行を求められたという。

「車の中も徹底的に探されて、飲酒検査とか所持品検査とか、駒田くんは小便まで取られてたみたいです」

——勿論、不審なものなどは載せていなかったし、酒も薬もやっていない。

咎められる要素はひとつもなかった。

では、なぜ彼は逃げたのか。

「……後から聞いたら、駒田くん、助手席で腰抜かしてたそうなんですよ」

運転席の窓をノックし、T君に話しかけた中年警官。

それが彼には——どういう訳か、着物姿の獣に見えていたという。

黒っぽい和装に、毛むくじゃらの顔。突き出した鼻。三角の耳。

「……狸の顔だったって云うんですね」

そんな訳はない、これは何かの冗談だと、駒田くんは助手席に座ったままぶるぶる震えていた。

だがウインドウが下りた瞬間、外の暑い夜気と共に彼の鼻を突いたのは、紛うことなき動物の、吐き気をもよおすような生臭い獣臭。

自分の頭がおかしくなったのだと、駒田くんは思った。

そして混乱して、逃げ出したのだという。

以後永石は、駒田くんと疎遠になったそうである。

展望台

　K県在住の、楠木くんと谷くんから聞いた話である。

「僕らの地元に、昔っから出る出るって云われてる展望台がありまして……」

「山をズーッと入ってった場所にあってね。ヘンなところなんですよ、何が見えるって訳でもないのに」

「そうそう。……あれって何のために作ったんだろうな、休憩所？」

「休憩所だったらトイレぐらいあるだろ。俺が聞いた話だと、あそこは公園でも何でもなくて私有地らしいぞ」

「……えっ。じゃああれって、誰か個人の物なのか？」

「そう。市とか県とかじゃなくて、あそこの土地の人が、勝手に作っただけっぽいな」

「なんだそれ。知らなかった。ホントに変わってるな……」

「それを、まあ一般に開放してというか、車で通りがかった人が好きに上がれるようにしてあるんですけど。特に見晴らしがいい訳でもない山の道端に、急にドーンと建ってるだけなんで、やっぱ今いちヘンな感じがするんですよね」

「そもそも人なんて通らないし。もし通りがかっても、あんな廃墟っぽいところで休憩しようなんて人はいないだろうな」

「だよな。……ですからあそこに行くのは、まあそういう、何か出るぞって噂を知ってて、それ目当てで行く連中ってことになります」


彼らの友人に、室井という青年がいる。

以前から少し変わった趣味を持つ男で、それはいわゆる、心霊スポット巡りなのだが。

「……絶対、夜中には行かないんですよ。日曜の昼間に行く」

「それもひとりでね。何が楽しいのか知りませんけど」

どうして夜に行かないのかと訊けば、「お化けが出たら怖いから」だという。

元々噂が立つような場所は、陽があっても大抵うら寂しく、雰囲気の片鱗は味わえる。

彼としてはそのくらいで丁度いいらしい。

「何だかなぁ、って僕らも呆れてて。怖いなら行くなよって話ですけど……」

誰に迷惑を掛けている訳でもないので、特に気にはしていなかった。

――以下、その室井くんが彼らに語ったものになる。

※

町からオートバイを走らせること、三十分。

対向車もない細い市道を進み、山に分け入る。

「展望台」は彼にとって中々のお気に入りで、半年に一度は訪れている良物件だった。

まず、その意味不明さが良い。

雑木林が茂る森の道端に、突然現れる空き地。

そこで所在なさげに建つ、丁度家一軒ぶんくらいの広さの、四角いコンクリートの台。

何本かの柱に支えられた、いわば大きな机のような形状なのだが、あまりにもそっけなさすぎてまるで建築途中で放棄された建物のような印象を受ける――いや、事実そうなのかも知れない。本来は平屋のコンクリート建築のつもりが、壁を作らずに屋上への階段を付け、何か別の用途にしようとしたのかも——。

勿論、その目的が何なのかは想像もつかない。簡易的な倉庫として使われていた様子もない。一階部分、つまり柱に囲まれたコンクリートの天井の下は、雨や日差しだけは避けられるものの地面がむき出しで、膝丈まで雑草が茂っている。

室井くんはその、雑草の海の手前でオートバイを停め、ヘルメットを脱いだ。屋上に上るための鉄の階段は、柱の内側に添う形で設置されている。静まり返った山中の大気をゆっくりと吸いながら、彼はその階段を上る。

所々に雑草も生えている屋上のぐるりは手摺に囲われ、一応の安全対策が取られていた。

そこに、比較的新しいベニヤ板が括りつけてあり、「手すりにもたれないでください」と書かれている。何度もペンキを塗り直したとおぼしい鉄柵は、風雨に負けて傷んでいる。

だだっ広いだけの屋上にベンチの類はなく、灰皿代わりに雨水の溜まった一斗缶がひとつ置かれているきり。

目の前の深い森を眺めながら、室井くんは煙草に火をつけた。

――やっぱり、何度来ても薄気味悪い場所だな。

夜になればさぞや不気味で、五分と居られないだろう。

もし、ためしに辺りが真っ暗だったらと想像すると、もうそれだけで怖い。

懐中電灯でこの屋上を照らして回ったとして、万が一、そこに誰かいたら。

たったひとりで来ているのに、自分以外の人影があったりしたら――。


――カーンッ！


びくりッ、と室井くんは飛び上がった。

よりにもよって怖い想像をしている最中に突然、鉄柵が鳴った。

うわんうわんうわんうわん、と柵を伝って広がる金属音の余韻に取り囲まれ、動揺する。

慌てて周囲を見回した――何が当たったんだ？　木の実か、枯れ枝か？

ここに来るのはもう四、五回目だが、こんなことは今までなかった。

下から何者かが枝でも投げたのだろうかと思い、見下ろしてみたが、やはり人の気配などない。自分のオートバイの他は何も停まっていない。

柵が鳴った理由がわからない。不安になってきた。

臆病者の肝試しは、引き際の良さが身上だ。

彼は煙草を一斗缶に投げ捨てると、そそくさと階段を下りた。

オートバイにまたがり、スターターを押した途端また、頭上で〈カーン！〉と聞こえた。

一度ならまだいいが、二度も鳴られるとこれはもう明確に怖い。

しばらくここに来るのは止めよう、と思いながら彼は「展望台」を後にした。


その、数日後からである——。

室井くんは「女が泣いている夢」を、よく見るようになったらしい。

この夢の詳細については、彼自身が詳しく語りたがらないので曖昧な部分も多い。

とにかく女が「ううーっ……、ううあぁーっ」と声を上げて泣いているので、彼がそちらの方を見ると、なんとそれは「ピエロのような」笑い顔。

ゾッとして、次の瞬間飛び起きるのだという。

頻繁に、とのことなので、もしかすると週に一度や二度は見ていたのかも知れない。

夜寝るのが怖くなり、室井くんは一晩中電気もテレビもつけておくのが習慣になった。

ぶつ切りに取る睡眠はどうしても浅く、身体の疲れは取れない。

参ったな、これってまさか心霊現象じゃねえだろうな——と彼は怯えた。

※

「……で、そんなことがあったなんて、俺も楠木も全然知らなかったんですけど。ある時、土曜の夕方だったかな。行きつけの喫茶店でふたりでダベってたら、ブーンッて室井のバイクが来て——な？」

「うん。ブルンブルンブルン、って店の前に停まったんです。……でも」

その後ろに、女が座っている。

しかも自転車の荷台にでも腰かけるように、ノーヘル、横座りである。

「なんだあれ、と思って。危ないっていうか、普通そんなことしないじゃないですか」

楠木くんと谷くんは窓ガラス越しに、眉をひそめた。

室井くんがヘルメットを脱いでいる間に、女はストンとオートバイの後ろから降り
——そのまま、喫茶店の方を一瞥することもなく、どこかへ歩き去ってしまった。

ますます奇異に感じる。

こちらの視線を感じたのか、室井くんが「よう」と手を上げ、入り口から入って来た。

彼らは当然、今の女は何だ、彼女なのか？　と訊ねた。

——その瞬間の、室井くんの顔。

「……それが凄かったんですよ。悲鳴でも上げるんじゃないかって感じで」

ドスドス大股で彼らの席まで来ると、何云ってるんだ、変な冗談はやめろ、と怒った。頰は青白いのに目元が紅潮し、本気の表情だった。

いやいや待て、冗談も何も今後ろに女がいたじゃないか、あの子はどこに行ったんだと重ねて訊ねると、彼は黙って店から出てオートバイにまたがり、無言のまま去った。

あっけにとられるしかなかった。

――では、ふたりともその女というのをハッキリ見た訳だね、と念を押す。

「はい。……見間違いとかじゃないですよ、俺らふたり同時にそんなの、ヘンですし」

「うん。ホントに女が座ってましたよ。白っぽい服で、細身で……」

「顔までは見えなかったですけど、スカートだから横座りなのかなとも思ったんです」

「……スカートだっけ？　俺、それは覚えてないな」

「いや、俺も定かじゃないけど。そうかなって思っただけ」

「……うーん。その時は結構吃驚したんで、ちゃんと見たんですけどね」

「すいません。なんかうろ覚えになって来てますけど、ロングヘアで、ええと……」

――記憶が曖昧になっている。

とにかく、それから数日と経たぬうちに、谷くんは室井くんに電話をしてみた。

あれがいつの間にか出来た彼女なのだとしたら、薄情にもあの場に置いて帰ったということになるが、そんなことをして大丈夫だったのか。

『……いい加減にしてくれ、谷。全然笑えねえし。俺をビビらせて面白いか？』

「ビビらせるって、だから何を云ってるんだよお前は。おかしいぞ様子が、何かあったのか？　何か困ってんのか？」

『ああ困ってるよ、お前らに。お前らのせいで、怖くて怖くてしょうがねえよ』

「いやわかったから、落ち着けって室井。落ち着いて、順番に話してみろ。俺にもわかるように説明しろ」

『……』

そこで谷くんは初めて、室井くんが先月「展望台」に行ったこと、以来気味の悪い女の夢を見ていること、などを聞いた。

それが本当だとすると——自分と楠木が見たものは。まさか。

そんな莫迦な。

「おっ、お前こそいい加減にしろ。俺と楠木はこの目でハッキリ見てんだぞ。……その、何か知らないいけどカンカン叩いてるのもやめろ、うるせえ」

『……カンカンって、何だよ』

「いや、カーンカーンて叩いてるだろ何かを。もう本気でうるせえ——いや、大体お前どこにいるんだ？　工事現場か？」

――カーンッ……！

――カーンッ……！

――カーンッ……！

『……どっ……す、おま……っぞ……』

「待て待て全然聞こえない。……何？　もう聞こえねえよ！」

『……お……ろ……』

「ハァ？　……やっぱ駄目だ、切るぞ！　どっかに移動して掛け直せ！」

ピッ、と谷くんは終話ボタンを押した。

あまりの騒音に耳が痺れていた。

※

電話で話をした時点では、「展望台」で鉄柵が鳴った、という件について、まだ聞かされていなかったという。室井くんからはただそこへ行き、以来夢を見る、という簡単な説明しかなかった。

「鉄で鉄を叩いてる音でしたよ、あれは。だから工事現場かなと思ったんですけど」

その時、室井くんは自分の部屋にいた。

後から聞いたところでは、そう云っているらしい。

「だったらあの音は何だよって話で。ますます気味が悪いですよ、実際……」

「……でまあ、それからしばらくは連絡が取れなくなってしまって。丸一カ月くらいしてから、ちょっと痩せた感じでふらっと姿を現して、な」

「うん。……お祓いに行ってきた、って云ってましたね」

元々が怖がりなのに、そんな場所へ行くからだと楠木くんも谷くんも思い、少し説教をしたという。

室井くんは疲れ切った顔でそれを聞き、「だよな」と呟いて、以後昼間のスポット巡りは止めたそうである。

――本件を書くにあたり、やはり本人から詳しい話を聞きたい、と取材を申し込んだのだが断られた。好きに書いてくれていいし、本になっても献本は要らない、とのこと。

電話口で聞いた室井くんの声は、事件からもう何年も経っているというのに、涙声かと思うほど震えていた。

さまたげ

ベテラン大工の鷲尾さんに伺った話。

平成に入ってすぐの頃のことという。

T県内のとある田舎町で、彼は新築工事を請け負うことになった。

「知り合いの製材屋の親戚筋だってことで、うちに話が来て。……会社から随分遠いし、最初は断ろうかとも思ったんだけどね」

どうしても鷲尾さんにお頼みしたい。地元の大工には頼みたくない、と施主は云った。

「あぁなるほど、小さい村ン中で喧嘩しちゃうと、こういう時に困るんだよなぁと思ってね。紹介した製材屋も泣くように云うもんだから、仕方なく……」

渡された図面を確認し、仕事の段取りを組んで――鷲尾さんは、着工前の地鎮祭に出席することになった。

当日は朝から猛烈な風が吹いていた。

四方に立てた細い竹は今にも折れそうなほど揺れ、それらを繋ぐ注連縄《しめなわ》もゴム飛びの紐のように、びよんびよんと上下に跳ねた。

綺麗に整えられた三角の斎砂《いみすな》が、上から上から渦を巻いて削り取られ、みるみる目減りしてゆく。

なんだか妙な具合だなと思っていると、そのうちに神主の祝詞《のりと》を打ち消そうとするかのように、甲高い女の声が聞こえてきた。

「……それを聞いてね、なんと神主さんが途中で儀式をやめちゃって。真っ青になって、もう続けられないって帰っちゃったんだ」

鷲尾さんも即座に仕事を断り、逃げるように引き上げてきたという。

その女の声が唱えていたのは、般若心経。

遥か頭上の曇天まで何ひとつ遮るもののない、空中から響いて来たという。

頼りにならない

大前くんは塾講師として、中学生二年生と三年生を担当している。

「父の知り合いがやってる、小さな塾です。他の塾に勤めたことがないので比べられませんけど、多分、かなりのんびりしてる方じゃないでしょうか」

講師と受講生との距離感が近く、みな勉強以外の雑談やら相談事やらを、気さくに話しかけてくるという。

「田舎の小さな町ですし、学校の先生の延長くらいに思ってるんでしょうね」

が、やはり今の時代の親達は、あまり校外の人間と児童達が必要以上に親しくするのを好まない。何年か前までは受講生達と簡単なクリスマス会を開いたり、夏にカラオケに行ったりという親睦活動も行われていたそうなのだが。

「親御さんからクレームが入る様になって、全部中止になりました。こっちとしては息抜きのつもりで、成績に影響が出るようなものでもなかったんですけど——やっぱり色んな事件が起こってますから。はっきり云えば、信用されなくなって来てるんだと思います」

なんとも寂しい話だが、致し方ない。

数年前の秋。

――大前先生、ちょっとこれ見て、と話しかけて来たのは当時中学二年の女子生徒。

普段から気さくな性格の子で、その名前を仮に塩田さんとしておく。

「……どうした、質問か？」

「ううん。そうじゃなくて……」

片手にはノート。わからない問題でもあるのかと思ったが、違うらしい。

「これね、私の友達が書いたんだけど――その子ちょっと困ってるの」

友達というからには、塾の生徒のノートではないらしい。

何気なく受け取り、ぱらりとめくってみるとそこにはびっしり、漢字の列。

「……漢字の書き取り、いや、写経か？」

にしては、少し妙だ。

横書きなのである。

「先生、これ何て書いてあるか読める？　それか、調べられる……？」

「うーん、どうかな。般若心経じゃないみたいだけど、ネットで検索なり何なりしてみないと、なんとも」

それ以前に、これを書いた子は一体何を写したのだ。本人に訊けば良いではないか。

大前くんは当然、そう云った。すると。

「駄目だよ。……だってその子、これを、寝てる間に書いたんだもん」


一行ずつ空けてずらずらと書き連ねられた漢字の列は、都合十八ページ。

そのトメハネに見える書き癖から、中学生の女子が書いたのは間違いなさそうだった。

大前くんは即座に「悪戯だな」と思った。

こちらの気を惹こうとして、面白半分に作ったのだろう。

文章を書いてしまう夢遊病があるのかどうかは知らないが、それ以前にこんな、彼にすら読めない難字だらけのものを何も見ずに書ける訳がない。漢字辞典を適当に写したか、あるいは何かの経文を出鱈目に引っ張ってきたか——。

どちらにしても、本気で受け取るべきものではないのは確かだ。

「……僕にはわからないな。学校の先生に聞いてみたら？」

彼は肩をすくめ、塩田さんにノートを返した。

「えぇぇ……。先生調べてよ、お願いだから。その子結構本気で怖がってるんだよ」

「ははっ。僕の担当は英語だよ、無理無理」

「ええええっ？　もう、ケチ！　頼りになると思ったのに！」

はいはいすいませんね、と苦笑いであしらい、大前くんは教室をあとにした。

塩田さんはふくれっ面でギュッ、とノートを鞄に押し込み、不機嫌そうに帰って行った。


——その年の冬、町で女子中学生がひき逃げに遭った。

これは全国ニュースで報じられ、大前くんも近所でそのような事件が起きたことに、少なからず驚いた。その子は一命をとりとめたものの、小耳に挟んだところでは、車椅子での生活を送ることになったという。

以降、塾の受講生でも親に送り迎えしてもらう者が増えた。

中学校からも直接塾の方に、生徒達の安全に留意してもらいたいと要望が来た。

塾側は授業の時間を調整し、三十分から一時間前倒しをして、少しでも早い時間に生徒らが家に帰れるようにした。

受講生たちを心配する気持ちは、大前くんも同じである。生徒の何人かは被害者の友人だったらしく、暗い表情がしみつき、口数も減ってしまっている。


「……それじゃ、気をつけてな。テスト頑張れよ」

そんなある日の、授業の後。

大前くんは建物の前まで出て生徒達を送り出しながら、ふと視線を感じる。

振り返れば、塩田さんがこちらを睨んでいる。

「どうした——質問か？」

「……だから調べてって云ったのに。あの子、もう一生立てなくなったよ」

一瞬、何を云っているのかわからなかった。

しかしその口調には諦念の混じった強い怒りが溢れている。

大前くんは狼狽した。

「……し、塩田さん？」

「私、もうここ辞める。お世話になりました」

タッ、と彼女は駆け出し自分の親の車に乗った。

一体何を吹きこまれたものか、その車の運転席からは彼女の母親が、じっと大前くんを睨みつけていた。

身に覚えのない敵意に彼は動揺し、混乱する。

僕が何をしたというのか。何かの間違いではないか。

説明を求めようとして、数歩そちらに近づく——が、早く出して、と塩田さんが母親に云っているのが見えるや否や、車はブウンッ、とアクセルを吹かして去って行った。

塩田さんはそのまま、宣言通り塾を辞めてしまったので、これ以上の詳細はわからない。

大前くんは少しだけ、講師の仕事が嫌になった。

訳あり　発端

古橋くんは数年前、お祖父さんが興した不動産屋の跡を継いだ。

三代目ということになる。

「うちの親父、何だか知らないけど六十を過ぎた途端にダレて来まして。早く隠居したいって云ってきかないので……」

まだ三十代にも拘わらず、代表取締役の肩書を押し付けられたという。

不動産業界に限ったことではないが、トップの年齢が若いと客に信用されなかったり、同業者にあなどられたりする場面も多い。彼の場合も毎日、気苦労が絶えないらしい。

「現状維持も難しい時代なのに、正直たまったもんじゃありませんよ――いや、そりゃあ悪いことして儲けようと思えばいくらでも出来ますけどね。それはまぁ、最後の手段ですから」

何ごとにも正直という方針で、とりあえずはやっているとのこと。

一昨年の暮れの話である。

彼が行きつけの喫茶店で、同業の知人と情報交換などをしていると、ケータイが鳴った。

店の従業員からだった。

『……今、社長のご友人というお客様が来られてまして』

古橋くんを呼んで欲しいと云っている、とのこと。

そんな予定は入っていなかったので、彼は首をかしげる。

「……その人の名前は？　男？」

『はい。島本さんとおっしゃるそうです』

わからない。学生時代の同級生だろうか。

首を傾げながら喫茶店を出て、店へ戻ったところ、応接セットに彼と同年輩の男性が待っていた。脇に大きなリュックが置いてあり、大学生のような恰好だった。

「ええと……」

「おお！　古橋、久しぶりだなぁ！　二十年ぶりぐらいか？」

ニカッ、と皺の多い笑顔に薄っすら見覚えがある。

やはり高校の同級生だ——が、友人？

「お前んちが不動産屋だったって思い出して、来てみたんだ。今俺、アパートかマンションを探しててよ」

「……なるほど」

「折角だし、友達のところで借りてやった方がいいかなって。出来るだけ安いところがいいな。あんまり古いのは困るけど」

思い出して来た——。

彼は確かに島本。同じ高校に通い、三年生の時には同じクラスだった。

しかしそれだけだ。部活は違ったし、放課後に遊んだりしたことがあったかどうかも定かでない。端的に云えば古橋くんとしては、彼を友人だと思った覚えがない。

「どこか良さそうな部屋、紹介してくれよ。家賃が安けりゃ一戸建てでもいいよ」

「そうか。何町がいいのかな。この辺か？」

「別に何町でもいい——まだ仕事も決まってないし。あえて云えば、繁華街に近い方が便利かな？　飲み屋に行って、歩いて帰れると便利だな」

島本は高校卒業後県外の大学に進んだが、ほどなく中退し、アルバイトを転々としていたという。そろそろ落ち着いても良い頃かなと思い、地元に帰って来た、とのこと。

就職はしていなかったのかと訊くと、いくつかのバイトではリーダーだったと答えた。

現在は無職で、収入はなし。

――悪いが話にならないな、と古橋くんは思った。

「しばらくは実家で暮らしたらどうなんだ。部屋探しは就職が決まってからにしたら」

「いやぁ、実家は狭いからなぁ。兄貴夫婦もいて、俺の部屋なんてもうないし」

「でも、仕事してないと正直大家が良い顔しない。というか普通は無理だ。口をきいてやれないことはないけど、物件は限られてくるぞ」

「いいよいいよ。とりあえずどんなのがあるか、見せてくれよ」

古橋くんは普段めったに出さない類のファイルを引っ張り出し、今の彼でも貸してくれそうなアパートを並べた。いずれもひと間でトイレ共用、風呂ナシの部屋。

「……えっ？　なぁ古橋よぉ、足元見るのはやめてくれよ。これってアレだろ、外国人ばっかりいるようなアパートだろ？」

「別にそんなことはないよ。古くて狭いのは確かだが」

「冗談キツいぜ。こんなとこ住めるかよ……」

気分を害したようである。

が、彼の今の状況ではこれ以外に紹介できそうな物件はない。率直にそう告げると、島本はむっとした顔でリュックを背負い、店を出て行った。

古橋くんは襟元を少し広げ、溜め息をついた。別段痛くも痒くもない出来事だったが、何やらわだかまりが生まれたようで、いささか不愉快ではあった。

※

それから半年ばかりが過ぎた、昨年の梅雨時――。

午後。古橋くんはいつもの喫茶店で顔馴染みの同業者とコーヒーを飲んでいた。

彼らの業界は情報が命であり、常に横の繋がりを大切にする。用もないのに顔を合わせて雑談するのも、重要な仕事の一部と云える。

　まだ経験が浅い古橋くんは、ともすると海千山千の古参に出し抜かれそうになることもあったのだが——それをいちいち根に持ったり意趣返しを企んだりしていると、あっという間に鼻つまみ者になってしまう、というのも承知していた。

　その時隣に座っていた某という同業者にも、数か月前危うく誤情報を掴まれそうになったばかりだった。しかし勿論、そんな経緯はお互いおくびにも出さない。

　何食わぬ顔でゴルフの話やら、地元経済の話やらをする。

「……そう云えば、T町の○○マンション。耐震工事が進まなくて困ってるらしいな」

「へえ。○○マンションと云えばあの、[redacted]不動産の？」

「そうそう。コレな」

　某氏は両手を胸の前でだらりと下げた。

「いよいよ駄目になってきたんで、耐震工事の名目で大規模リフォームしたいそうなんだが。住人が出て行かなくて、裁判沙汰になりそうな雰囲気だよ」

「そんなの、十万でも二十万でも掴ませればいいじゃないですか。どうせガラガラだったでしょう」

「うん。もう粗方話はついてて、三、四人しか残ってない。しかしその残った連中というのが——どうやら頭がアレだったり、転貸の奴だったりでな。どうにもならんそうだ」

転貸とは即ち、又貸しである。古橋くんは他人事ながら顔をしかめた。

「よりにもよってあんなところに居座るなんて、物好きですね……」

——そのマンションは以前から「出る」物件として、町の業者達に知られていた。

2DKで、築三十年。四階建ての賃貸。エレベーターはない。

繁華街の外れにあり、住人は主に水商売の人が多かったようだ。

二十年近く前に屋上から飛び降り自殺があって、更に同じ年に殺人事件が起きたという。

普通なら住人が激減しそうな出来事だが、立地が良いせいかゼロにはならず、低い入居率のままずるずると現在に至っていた。管理の不動産会社は数回変わっている。

古橋くんが小耳に挟んだ怪異の噂としては、およそ以下のようなものがある。

曰く。

ある住人が風呂に入っていると、突然ガチャリ、と玄関ドアの開く音がした。

独り暮らしのホステスである。同居人はなく、黙って入ってくるような友人もいない。これは泥棒か強盗に違いないと思った彼女は、無防備な全裸のまま、湯船の中で震えるしかなかった。

みし、みし、みし——と部屋の中を歩き回る音がする。金目の物を物色しているのか、中々出て行かない。五分経っても、十分経ってもみし、みし、みし、と床を鳴らし続ける。

生きた心地もせぬまま時間だけが過ぎ、やがて限界が来た。

彼女はフェイスタオルだけを腰に巻くと、思い切って一直線に玄関から飛び出そうと決意し、風呂場の戸に手を掛けた——。

が、その瞬間。

彼女の背中を思いきり、バリバリバリッ、と引っ掻く爪。

血が滲むほどの爪痕をつけられたホステスは悲鳴を上げ、泣きながら外に飛び出し、同じ階の住人に保護された。

すぐに警察が駆け付けたものの部屋に誰かが侵入したような形跡はなく、彼女はその月の内に転居して行ったという。


曰く。

ある住人が夜更けに帰宅すると、自分の部屋の窓から明かりが漏れていた。

出掛ける時に消し忘れたのかなと思い、鍵を開けて中に入ってみれば、部屋の中の物が全部壁際に寄せられ、空いたスペースの中央に新聞紙が一枚置かれていた。

黄変した、いつのものとも知れぬ古新聞だった。

何者の仕業か知れないが、住人は怖ろしくなってすぐに出て行った。


曰く。

四階の住人数名が、管理会社に入れ代わり立ち代わり苦情を入れる。

夜中に屋上で物音がするので、調べてくれないか――。

そこへと続く階段の突き当りにあるドアには当然鍵が掛かり、チェーンと南京錠までして封じられている。その階段以外に上へ行く手段はない。外壁を這い上がりでもしなければ屋上へは行けない。

「女の泣き声がして眠れない」と云う人もいたそうだが、その住人は入居一カ月で解約もせずに行方をくらませてしまった。


その他、その他。夜中に窓をノックされたとか、不審な女が踊り場に立っていたとか、そんな怪異か怪異でないか定かでない話まで含めだすときりがない。

いずれにしても不穏で、到底住み心地が良いとは思えぬマンション――。

わざわざそんなところに、裁判すら恐れず居座り続けようとするのはどんな人間なのか。

やはりどこかしら正気を失った人達なのだろうか。

古橋くんはいささかの興味を覚え、件の物件を管理する業者と顔を合わせることがあれば、詳しく聞いてみても良いなと思った。

――するとその機会は、意外に早く訪れた。

訳あり 教示

ある平日の夜、古橋くんは何人かの知人と酒を飲んだ。

そして彼らと別れた後、何の気なしに自分の父親の馴染みのスナックへ顔を出してみたところ、そこに六十がらみの男性客がいた。

顔に見覚えがあった。

「……おお、アンタ古橋さんのところの。珍しいな」

「どうも、ご無沙汰してます……」

向こうはこちらを知っているが、こちらは相手が誰だかわからない。

父親の跡を継いだばかりだと、そういう局面がままある。一瞬背中に汗をかきかけたが、状況を察したママが自然に男性客の名前を呼び、助け舟を出してくれた。

「大倉さん、寂しがってたんですよ。このところお父様とゴルフに行ってないって」

「そうそう。親父さん、まだ腰の調子悪いのか？　まさかそっちも引退して、ゲートボールに鞍替えするつもりじゃないだろうな？　ウワッハッハ！」

やだもう、怒られますよ……！　とママが男性の肩を叩く。

そうだ、大倉氏だ――■■不動産の社長。

と、いうことは、あのマンションの。

「――おう、そうなんだよ。実は参っててなぁ……。そもそもあれは△△が建てたんだが、人死にが出たおかげで持て余して、●●さんって人にほとんど騙すような恰好で売りつけたんだ。管理会社もあそこになったり、ここになったりの盥《たらい》回し……」

結局その、●●氏というオーナーに泣きつかれた大倉氏が、管理を任されることになったそうなのだが。

「どうしようもないな、あれは。とんだ厄物を預かっちまったもんだよ」

「……色々噂は聞いてますが、あのマンションは、やっぱり？」

「ああ出るとも。もう、十割出る。だからさっさと潰しとけって云ったんだワシは」

「十割ですか、ハハハ」

「……む、信じとらんな。古橋くん、この仕事をしておったらそのテの話とは無縁ではおられんのだぞ。信じる信じないなんかは関係ない。実際に出るもんは出るんだからな」

そうよ、何年か前にもウチで、ねぇ大倉さん、とママが口を挟んだ。

「そうだ。この店でな。あの臭いは未だに鼻に残っとる」

「……この店で？　幽霊でも出たんですか」

「いや実はな、もう四、五年前のことになるが——」


その日はママの誕生日だったという。

大倉氏は勿論、古橋くんのお父さんもお祝いに顔を出して、蘭の花を贈ったらしい。

「入れ代わり立ち代わり客が来て、やれ何だかんだとママにプレゼントをして行ったんだがな。もう十一時ぐらいにもなって、ふらっと入って来た奴がおった」

それは地元の某社に勤める営業の男性で、常連の誰だかにママが誕生日だと教えられ、少し寄ってみたのだと云った。来る途中に近くの花屋で用意したのか、その手には白い花束も握られていた。

「あらーっとママも喜んで、そこの花瓶に差させたんだが。差しておったアカネちゃんという娘が、急に顔をしかめて手を洗いに行って」

どうしたのかとママが訊けば、花から妙な臭いがするとのこと。

顔を近づけてみると確かに、何か水気の多い燻製のような、独特の異臭がする。

なんだこれは、ドブにでも落としたのかと大倉氏は遠慮なくわめいた。

男性客はムッとして、そんなことしませんよ、ついさっきあそこの花屋で買ってきたばかりですよ、と。

「どこの花屋だ、文句を云ってやる、とワシが云って。詳しく訊いてみたら、それが君。K通りのNってビルの一階だって云うじゃないか」

ふざけるな。あのビルは先月ボヤを出して、一階と二階は空になっとるだろうが——。

大倉氏が云うと、男性客は酷く混乱した顔になった。

そんなバカな。僕は確かにさっきあそこで買いました。嘘だと思うなら見に行って下さいよ。

よしわかった、と大倉氏は憤慨して店を出ようとした。

それをママが止めた。

「やめてやめて、ってな。泣きそうになって」

「だって。あの火事で人がひとり、亡くなってたんですもん——花屋さんの奥さんが」

「……えっ？」

「亡くなってたんです、奥さん。火の回りが早くて、一酸化炭素中毒でね」

そこに少し前まで花屋があったのは事実らしい。

が、無い筈の店で花は買えない。

――だったらこの花束は何だ、という話になった。

「そりゃあもう、イヤな雰囲気だった。白い花だったし、みんな段々気味が悪くなってきて。その花瓶を取り囲んで、葬式みたいな空気になってしまったもんだから」

意を決した大倉氏はむんずとそれを掴み、店を出て、適当な路地の隅にあるゴミ箱の中へ投げ捨てた。

その時の花束の臭いは、翌日になっても手のひらに残ったという。

「……ママ、確か写真があっただろう。古橋くんに見せてやってくれ」

「ええっ？　いやですよ、あれだって本当は捨てようかなって迷ったのに」

「まだあるんだから良いだろう。ほら、早く」

大倉氏に急かされ、ママは渋々カウンターの奥から小さなアルバムを出してきた。

どうやらこの店で撮られた色々な写真が収めてあるもののようで、その中の一枚が、その年のママの誕生日のお祝いを写していた。

ほら、これだ。この花だ、と野太い指でさす大倉氏。

確かに――ピースサインするママや酔客の奥、カウンターの端の花瓶に、白い花束が挿されている。小さくて良くは見えないが、確かにどことなく縁起が悪い。

献花のようだと古橋くんも思った。

「……わかったかい、こういうこともあるんだ世の中には。出るところには出る。あの○○マンションにも、嘘や冗談でなくそういうものがいる。あれらは建物を潰してしまうまでその物件を占有し続ける、そりゃあもう、ワシらにとって最悪の店子なんだ――」

訳あり　実例

カネは、人を殺す。

しっかりとその手綱を握っているうちは口座の中で大人しくしているが、一旦外に出せばどんな暴れ方をするかわからない。飼い主に多大な利益を与える場合もあれば、突然振り返って噛みついて来る場合もある。まさにけだものである。実際に身近な人物が、カネに食い殺されてゆくその顛末も、古橋くんは幾度か目にしてきた。

いつ自分がそうなるかわからない以上、彼は常に現実的に物を見るし、損得勘定を怠らない。つまりは幽霊などというものが「本当にいるかどうか」より、「いると思っている人々がどう動くか」を見極める必要がある。

古橋くんは大倉氏が聞かせてくれた怪談話自体よりも、それを語った当人の動向をこそ、注視すべきだと考えた。

――スナックで前述の話を聞いた、数週間後。

偶々T町で中古物件の仲介があり、客を案内した帰り道のこと。

ふと、そう云えば某社が造成した住宅地はどのくらい埋まったのだろう、と思った古橋くんは、車を脇道に進ませてみた。

すると前方に、陰気なコンクリートの壁が聳《そび》えているのが目に入り、そこが件の○○マンションであることを思い出した。

「……ここって前から、こんな風だったかな」

アクセルを緩めながら、彼は思わず呟く。

周囲が空き家だらけなのだ。

一本隣の市道をまっすぐ行けば、ほんの数百メートルで町の繁華街に行き当たる。今の時代、いくら地価が下がり続けていると云っても、この地区の土地がこんなに遊んでいるというのは腑に落ちない。

そしてその奇妙な空白地帯の中心にあるのが、他ならぬ○○マンション。

駐車場は錆びた金網に囲まれている。車は一台も停まっておらず、雑草がアスファルトを裂いて伸びている。

壊れた自転車や布団、カラーボックスといった粗大ゴミが無造作に寄せられた、灰色の壁面——そこにずらりと並んだ窓はカーテンの掛かっていない部屋がほとんどで、既に廃墟然とした、薄暗い天井を覗かせ沈黙している。

残っている住人は現在三人、と大倉氏に聞いた。

女性がふたりに男性がひとり。いずれも独り暮らし。

「ふん……」

古橋くんは視線を戻し、マンションの前を通り過ぎようとした。

が、その時ケータイが鳴り、取引を進めている客の番号が表示された。彼は少し慌ててマンションの駐車場に車を乗り入れ、停車して、電話を受けた。

「……はい、わかりました。では明日、会社でお待ちしております。失礼します」

ピッ、と通話を切り、顔を上げると、ズボンのポケットに両手を突っ込んだ七十前後の男性が道路からこちらを見詰めている。古橋くんは微かに頭を下げた。

するとその男性は周囲を見回しながら、車の傍に近寄って来た。

「あんた、このマンションの不動産屋さんか？」

「えっ？　いいえ、違いますが」

「なんだ違うのか。……いや、ワシはあそこの角の時計屋だけどね。これ、もう取り壊すって聞いたからいつ始めるのかと思ってね」

「ああ――」

耐震工事及び全面リフォーム、と大倉氏からは聞かされていたが、あえて訂正はしなかった。自分は部外者であり、余計なことを云うべきではないだろう。

「……でもまだ、住んでる人がいるみたいですね」

「そうなんだよ。頭がおかしいんだろうなきっと。夜中にわあわあ叫びながら歩いたりするんだぞ、たまったもんじゃないよまったく」

声を落としもせずに堂々と云い出したので、古橋くんは少し面食らい、マンションの方を窺う――中に住人が居たら聞こえるのではないか。

「気色の悪い中年の女が、わああーっ、うわああーっ、おかあさあーん、って。雨が降ろうが台風が来ようが平気でウロウロしおる。何べん警察に通報したかわからんよ。大きな声では云えんがありゃあ、とり憑かれとるんだ絶対。……あんたも知っとるかな、二十年前に飛び降りがあったのは？」

「え、ええ。少し聞きましたが」

「あれからだよ。あれから、何もかもおかしくなった。町内が陰気になって、そこの屋上から、人魂が飛んで行くのを見たって人もある。ふぁあーっと、あっちの方へ」

男性は南を指差した。まっすぐ行くと、小さな公園がある方角だ。

「この先の、その公園でもな、おかしな物が出おる。見たという人が沢山ある。やっぱりあの飛び降りた中学生の女の子が、まだ成仏しとらんということかも知れんな。迷惑なことだが」

「……中学生？」

「ああ。飛び降りたのは、このマンションの住人ではないよ。だから余計に迷惑に感じるんだ、なんでわざわざここに来て死んだのかと。どうも、ここに住んでいた男と関係があったとかいう噂もあるが、それは定かでは——」

——ガシャンッ！　と突然物凄い音がしたので振り返ると、車から十メートルほど離れたマンションの入口付近に、何か白い物がバラバラに砕け散っていた。

電子レンジのようだった。

恐る恐る見上げると、四階の窓が開いている。

カーテンの陰に誰かがいる。

古橋くんは慌ててその場から去った。

※

季節が移り、日に日に太陽が大きくなってゆく。

相変わらず気の抜けない日々を送る中で、ある朝、古橋くんはふとテレビのニュースに目を留めた。地元で傷害事件が起こったらしい。

T町と思しき町並みが画面に映り、アナウンサーが事件の概要を伝えている。

〈――現行犯逮捕された島本容疑者は、間違いありませんと容疑を認めているようです。被害者は同じマンションに住む四十代の女性で、今のところ、命に別状はないとのことですが――〉

ハッ、と古橋くんは息を呑んだ。

テレビに映し出される灰色の建物。

自分と同い年の無職の容疑者。

それは紛れもなくあの日、部屋を探しに来た、自称友人の島本である。

奴はあそこに――○○マンションに住んでいたのか。

〈島本容疑者は四階、女性は三階に暮らしていたとのことで、以前から何らかのトラブルがあったものとみて捜査を進めています〉

「四階……」

と云うことはもしやあの時、駐車場に電子レンジを投げ落としたのも――。

※

「――大倉さんはもう手に負えんと云って、頭を抱えてたよ。あの人は前々から深入りし過ぎるのが悪い癖で、やっぱり未だに直っとらん」

数日後、お父さんがそんな話を古橋くんにした。

スナックに顔を見せた大倉氏は、随分消沈した様子だったという。

「ふーん、気の毒に。オーナーの人は何て云ってるんだろう」

「さあな、流石に手放したいとは思ってるんだろうが……。まあ、無理だろうな。今までも何度か大倉さんが売りに出そうとしたようだが、結局流れてしまったようだし。

おかしな物件に手を出すとこうなるっていう良い例だよ」

この期に及んでは二束三文でも売り払いたい、というのが正直なところだろう。

古橋くんはしばらく考えてから、頭の中で電卓を弾いた。

最近T町に造成された某社の住宅地は、それなりの売れ行きを上げている様子だった。

その住宅地と、あのマンションは同じ通りにある――。


新しい土地に家を建てるのは、主に余所から移ってくる若い夫婦だ。

つまりその地域と横の繋がりはない。

事件の記憶は地域コミュニティの変容と共に風化する。

「……あえて云うなら、あの時計屋がいつまで生きてるかがネックになりそうだが」

「ん？　何だ……？」

「いや……、親父」

悪いけど大倉さんの名刺、ちょっと見せてくれないか、と古橋くんは云った。

あとがき

昨年末、父方の祖母が亡くなり小さな葬式をあげた。

読書と編み物が趣味の人だった。若い頃に大阪の女学校を出ており、当時の教員免許に相当する資格を持つ才女だった、と親戚の誰かに聞いた覚えがある。

時間があれば本を読んでいた。亡くなった時にも市立図書館から数冊の小説が借りられたままになっていた。どうやらミステリが好きだったらしい。

私は物心つくかつかないかという頃から、この祖母に連れられて毎週のように近所の書店へ行き、絵本だの児童書だのを買い与えられていた。今こうして曲がりなりにも文筆で活計を立てるようになったのは、おそらくだが、彼女に施された情操教育に寄る部分が大きいのではないかと思う。

私の家系で日常的な読書の習慣があるのは、私と祖母、それに祖母の弟である大叔父の三人だけ。田舎の読書人口は都会に倍する速さで減り続けているので、これは仕方ない。

ただ残念なことに、祖母は筋金入りの現実主義者でもあった。

私が本シリーズの新刊を渡したりしても、少しとぼけた顔で眼鏡をずらし、

「……実話怪談。なるほどまぁ、本当にあったっていう態ね。はいはい」

と、はなから信用せずに受け取っていた。こちらとしてはいささか憤慨するしかないが、それでも一応は目を通してくれていたらしく、ある時には、

「子供が可哀相な目に遭う話はやめておくれ。私、ああいうのは好かん」

と注文をつけてきたこともあった。戦中を思い出すのかも知れなかった。

しかし生憎、怪談話の多くは人の死が前提となっている。そこに長幼はない。怪異のバリエーションを保つためには年寄りが死んだ話も、幼子を亡くした話も等しく入れなければならない。

孫が物書きの仕事についていること自体には、祖母も喜んでくれている風だったが、だからと云って好みでないものまで読まされるのは苦痛だろう。

私は遠慮して、数年前から彼女に自著を渡すのをやめた。向こうもそれで安心した

らしく、顔を合わせるたびに「原稿は順調かい」と訊いてくれ、勿論大変に順調であるし今回は売れ行きも絶好調、増刷間近なりと私が答えれば、「そりゃあよかったねぇ、よかったよかった、頑張りな」と嬉しげに目を細めていた。

——いつ執筆依頼が絶えてもおかしくない、まるで綱渡りの如き日々を送る私の虚勢など、彼女は先刻承知の上だったろうが、いつも喜んで騙されてくれていた。

毎回毎回お化けの話ばかりでなしに、あんたが書いた普通の小説も読みたいもんだ、と云われたこともあった。

私は答えあぐね、いつかそのうちに、と言葉を濁したのを覚えている。

流石にそればかりは現物が必要なので、嘘では誤魔化せなかった。

そんな中で昨年、怪談専門誌『幽』における私の連載が単行化した。

これは少なからず実験的——というよりも半ば自棄っぱちで、私小説的な要素を多分に放り込んだ、半自伝的な代物だった。そういえばもう何年も自作を渡していないなと思い、祖母にこれを贈ったところ、意外にもいたく気に入った様子で私を呼び、「お化けの話でも何でも、一生懸命書いてれば一人前になれるんだって、それがよくわかる本だったよ。あんた、頑張ったね」

と、膝の上に件の本を置き何度も何度も撫でた。

さても褒められたら褒められたで、どう返事すれば良いのやら。何ともくすぐったい。

「ふふん。まあ一応、俺もこれで食ってるから……」

背伸びをしながら鼻を掻き、私は早々に祖母宅を辞したのだった。

彼女が亡くなったのは、その翌月である。


——父の提案で棺の中に、私の本が入れられることになった。

よりにもよって怪談本だぞ、大丈夫かよ、と躊躇したが是非に入れてやれと云う。

これが燃え残ったりしたらさぞかし怖いだろうなと思いつつ、私は薄く笑いながら眠る祖母の顔の横に、自分の手で、そっとそれを置いた。

四十九日の少し前、私は祖母に膝枕され、頭を撫でられる夢を見た。

彼女は何故かとても悲しそうにはらはら泣いていた。

「超」怖い話 乙

2015年8月5日　初版第1刷発行

著　松村進吉

カバー　橋元浩明（sowhat.Inc）
発行人　後藤明信
発行所　株式会社　竹書房
〒102-0072　東京都千代田区飯田橋2-7-3
電話 03-3264-1576（代表）
電話 03-3234-6208（編集）
http://www.takeshobo.co.jp
振替 00170-2-179210
印刷所　図書印刷株式会社

定価はカバーに表示しています。
落丁・乱丁本は当社にてお取り替えいたします。

ISBN978-4-8019-0388-3 C0176